EL DESPERTAR DE LA BESTIA

BY VIRUZZ

EL DESPERTAR DE LA BESTIA

mr

© byViruZz, 2017
Edición y fijación del texto: Sergio Parra
© Editorial Planeta, S. A., 2017
Ediciones Martínez Roca, sello editorial de Editorial Planeta, S. A.
Avda. Diagonal, 662-664
08034 Barcelona
www.mrediciones.com
www.planetadelibros.com

Diseño de la cubierta: Planeta Arte & Diseño
Ilustración de cubierta: © María Valentina Grases
Fotografía del autor: © Roberto de Baltasar

Primera edición: abril de 2017

ISBN: 978-84-270-4325-1
Depósito legal: B. 5.190-2017
Preimpresión: Safekat, S. L.
Impresión: Huertas, S. A.
Printed in Spain-Impreso en España

El papel utilizado para la impresión de este libro es cien por cien libre de cloro y está calificado como **papel ecológico.**

Para todos aquellos que seguís estando ahí.
Denigrante el que lo lea.

byViruZz

Índice

Prólogo

Un mago y una bruja cuchicheaban en las sombras de un templo abandonado, en mitad de una playa de arenas negras y aguas sucias como el barro.

El mago había sobrevivido en el interior de otro mago, un tanto chiflado, y ahora, por fin liberado, había sido abducido por la bruja. Los ojos del mago chispeaban de rabia.

La bruja, por su parte, había regresado de la muerte. Alguien que había tenido tanto contacto con el Hechisu raramente se muere del todo. Además, la bruja había vivido cientos de inviernos, y su esencia había pasado de un cuerpo a otro durante milenios. Estaba tan acostumbrada a vivir, que la muerte solo podía retenerla parcialmente. Si se cree que los gatos tienen siete vidas, aquella bruja debía de tener al menos dos o tres. Quizá más.

Ahora era más poderosa y había usado sus artes para lograr una potente alianza con el mago. Sin embargo, aun juntos, no eran lo suficientemente fuertes para llevar a cabo la gran venganza y sembrar el horror por doquier, aunque estaban más que dispuestos a invocar la peor pesadilla que el mundo pudiera imaginar.

I
El entrenamiento

1

Se convoca el gran torneo

Debido a la inminente llegada del invierno, el caudal del río Aguasbravas prometía convertirse muy pronto en un sendero de hielo traicionero. Los pájaros iniciaban sus vacaciones de invierno poniendo rumbo hacia lugares más templados. Las hojas de los árboles se teñían de amarillo y empezaban a desprenderse, recubrían el suelo como si fueran mullidas alfombras vegetales.

El frío de la mañana helaba la piel. Hasta que asomó, majestuoso, el sol por encima de las montañas y bañó con su luz el Valle de Nigg, los asistentes al Consejo de Ancianos no se decidieron a tomar asiento en la plaza. El suave calor les permitió desajustar un poco sus abrigos y quitarse los gorros de piel.

Todos los representantes del valle estaban allí, desde los pescadores de las marismas hasta los cazadores y leñadores de las estribaciones del norte. También estaban los granjeros, los pastores y los artesanos. Todos ellos habían interrumpido sus pacíficas ocupaciones y, cuando el Consejo anunció que había llegado el momento de convocar el Gran Torneo, se removieron intranquilos en sus asientos.

—En realidad —carraspeó el miembro más anciano del Consejo—, como todos sabéis, el nombre completo de este acontecimiento es el Legendario Torneo Gigante Épico.

—Ese es el nombre tradicional —añadió otro miembro del Consejo con cierto titubeo en la voz—, pero más tarde se empezó a llamar «Gran Torneo».

—Eso es —se envalentonó un tercer miembro del Consejo—, el que siempre hemos convocado. El Gran...

—Gran Torneo Gigante Épico —completó el primer anciano.

—¿Y lo de «Legendario»? —preguntó otro—, ¿va delante o detrás?

Los asistentes empezaron a murmurar, sin disimular su agitación. Si el hecho de celebrar un torneo de combates por eliminatorias ya resultaba intimidatorio, utilizar adjetivos como «épico» o «legendario» no suavizaba el ambiente, solo faltaba añadir «sanguinario» o «mortal».

—No nos perdamos en discusiones inútiles, siempre podemos llamarlo «Gran Torneo», sin más —zanjó el anciano que había hablado en primer lugar.

Los habitantes del Valle de los Gigantes, liberados por fin del yugo de la Señora de los Mil Inviernos y de los Burócratas Grises, aspiraban a recuperar la esencia de lo que un día fueron: gigantes conocidos en todos los rincones del mundo por su fuerza y su valentía.

Después de todos aquellos años dominados por los interminables procedimientos de los Burócratas Grises, la mayoría de los gigantes habían perdido la costumbre de ejercitar sus músculos y la habilidad para la batalla. Todos ellos, finalmente, habían claudicado ante el Sistema, entregando todo su tiempo libre a ocupaciones impropias de una especie con un cuerpo duro como una roca y más de cuatro metros de altura.

Sin embargo, tantos años ejerciendo como granjeros o pescadores les habían hecho olvidar sus orígenes guerreros. Las estatuas de los héroes legendarios habían estado acumulando polvo en las Criptas de Nigg, precisamente para que los gigantes olvidaran lo que algún día fueron y lo que podían volver a ser.

Pero si querían estar preparados para defenderse de futuras amenazas, los gigantes debían abandonar sus tranquilas costumbres y forjar una nueva estirpe de guerreros. El Consejo de Ancianos estaba seguro de que la mejor forma de inspirar a los más aptos era convocar aquel Gran Torneo; sin embargo, al ver las caras de los asistentes, sus miembros empezaron a dudar de la idoneidad de su idea.

—En el torneo podrán participar solo los gigantes mayores de 14 años —declaró uno de los ancianos para calmar los ánimos.

—Todos los que hayan visto el Gran Crujido más de 14 veces —puntualizó el segundo anciano, carraspeando y rememorando el día en que el sol, tras el largo invierno, cobraba fuerza. El río helado de Aguasbravas crujía estrepitosamente y los niños de Nigg participaban en una lucha donde se arrojaban trozos de hielo arrancados de la superficie.

—Es exactamente lo que acabo de decir —retomó la palabra el primer anciano con una ligera irritación en su voz—, y también están convocadas todas las criaturas del mundo que estén dispuestas a batirse en duelo con nosotros. El torneo se celebrará por eliminatorias, y en él no solo vencerá el más fuerte, sino también el más inteligente y astuto. Todos los que superen las primeras eliminatorias podrán optar a formar parte del Gran Ejército Dorado de Gigantes.

—Y «Épico» —susurró el segundo anciano.

—Épico —añadió el primero, fingiendo que no se había olvidado del adjetivo y que solo se había demorado un poco en pronunciarlo para darle más dramatismo al momento.

En realidad, lo que pasaba es que ninguno de ellos estaba familiarizado con los rituales y costumbres ancestrales; en aquel proceso de recuperación de su pasado todos se sentían, en mayor o menor medida, como niños en un colegio nuevo el primer día de clase.

—Y el ganador del torneo —prosiguió el tercer anciano—, recibirá no solo los honores de la victoria, sino también el hacha ancestral, el hacha que perteneció a los gigantes guerreros que nos precedieron, y que otorga un gran poder a quien la empuña.

—¿Épica? —susurró vacilante el segundo anciano.

—¿Cómo?

—Eh…, nada.

—En cualquier caso —intervino otro anciano—, volver a nuestros orígenes nos procurará una nueva era de paz y prosperidad. Ah, y una fiesta en la que los ganadores se convertirán en embajadores de otros pueblos y especies, el acontecimiento más importante que hayamos visto durante muchas generaciones.

—Épica, ¿verdad?

Todos los ancianos miraron con cara de circunstancias al que había hablado.

Raligg Naggigg estaba sentado en última fila, junto a su tía Rega. En parte se sentía responsable de aquella inquietud en el valle. Junto a Mantonegro y Mayisius había liberado a su pueblo del control de aquella bruja y sus Burócratas Grises. Ahora era tiempo de regresar a los orígenes, y aquel torneo por eliminatorias era el paso previo necesario para lograrlo.

Sin embargo, Raligg no estaba nada convencido de querer participar en algo así. Después de todo, él era feliz en casa, con su tía, trabajando la tierra o tasando el ganado.

—¡Yo participaré! —elevó la voz uno de los gigantes.

Todos los asistentes miraron alrededor, en busca de la voz que había hablado, pero enseguida habló otra, y otra, y finalmente fueron muchos los gigantes que habían asumido aquel desafío y ya permanecían en pie, orgullosos y decididos. Como si el simple hecho de aceptar la participación en el torneo les hubiera transformado en auténticos guerreros.

Raligg, que apenas rozaba el límite de edad para participar, observó a todos los gigantes que se habían levantado y calculó que tendrían unos 10 años más que él. Saltaba a la vista que era más bajo y más enclenque que cualquiera de ellos. Aquellas moles descomunales lo eliminarían en la primera ronda si finalmente se inscribía en el Gran Torneo.

Sin embargo, ¿no sería un tanto contradictorio que el gigante que había liberado el valle de los Burócratas Grises ahora no quisiera batirse en duelo en aquella competición? Por si no tuviera pocas dudas, justo en ese instante se levantó Holigg, aceptando también el desafío, seguido de Mortigg el Rubio, un chico de 20 años que siempre le había caído gordo a Raligg.

Dafne, que también estaba entre los asistentes, abrió mucho los ojos cuando Holigg y Mortigg el Rubio se pusieron en pie. Raligg deseó que aquella expresión en la cara de Dafne significara algo así como «es una completa locura medirse a base de puñetazos y cabezazos, jamás podría enamorarme de un gigante bruto», pero no tardaría en descubrir que aquella mirada significaba en realidad «qué valientes son estos chicos que, a pesar de su juventud, están dispuestos a batirse en duelo con gigantes adultos para salvaguardar el valle de futuras amenazas. Si algún día me enamoro de alguien, será de uno de estos gigantes valientes y osados». En realidad todo esto eran figuraciones suyas, pero algo le decía que, si no se ponía de pie, Dafne podría dejar de respetarle. Se removió inquieto en su asiento y tragó saliva. Su tía le miró de reojo y le cogió del brazo al tiempo que le susurraba en voz baja:

—Cariño, no tienes por qué participar.

Raligg lo sabía. Gracias a él, los Burócratas Grises habían desaparecido. Gracias a él podía celebrarse aquel torneo. Había sido él quien había salvado la vida de Dafne y los otros gigantes no hacía mucho. Ya era un héroe. Su tía tenía razón, no tenía que demostrar nada. Sin embargo, intuía que construir una reputación requería tiempo y esfuerzo, pero destruirla, tan solo un soplo de aire.

—¡Yo también! —gritó Raligg levantándose, como impulsado por un resorte. Le flaquearon las rodillas, arrepentido, y a punto estuvo de sentarse, cuando se topó con la mirada de ilusión de Dafne y un guiño de Holigg. Miró a su alrededor y percibió la callada aprobación de muchos otros gigantes que le consideraban un héroe. Y los héroes siempre están dispuestos a luchar, ¿no? ¿No?

—Pues no —respondió Mayisius.

Raligg, Mantonegro y Mayisius habían quedado aquella noche en El Grog Ardiente y estaban sentados en la mesa más apartada de la taberna. Raligg les había confesado su decisión de participar en el Gran Torneo.

—¿Qué? —se atragantó Raligg mientras masticaba un generoso muslo de pollo.

—Que no —repitió Mayisius—. Que los héroes que siempre están dispuestos a luchar no son héroes porque, al final, los matan, ¿sabes? Y cuando están muertos, ya no pueden hacer heroicidades. Y si no hacen heroicidades, no pueden ser héroes.

—Pero te recuerdan como un héroe —intervino Mantonegro, dando una palmada de aprobación en la ancha espalda del Raligg.

—Ya —concedió Mayisius a regañadientes—. Pero, dime, ¿tú prefieres ser un héroe o un recuerdo de héroe? Te aviso de que lo segundo implica estar muerto.

Raligg miró a Mantonegro y a Mayisius alternativamente, con el pedazo de pollo todavía colgándole de la comisura del labio. Con aquella cara, sin duda no parecía un héroe, ni vivo ni muerto.

—La verdad es que... no lo sé. Supongo que prefiero estar vivo. Al menos durante un tiempo.

—No tiene por qué pasarle nada —replicó Mantonegro—. Yo le enseñaré algunos trucos.

—Dafne no tiene nada que ver en todo esto, ¿verdad? —preguntó Mayisius escrutando los ojos del Raligg.

—¿Cómo? —intentó disimular Raligg, pero enseguida se puso colorado.

—Ay, el amor —canturreó Mantonegro, poniéndose romántico.

—Dejaos de tonterías —interrumpió Mayisius—. Héroes, chicas... ¿Acaso podéis sumar algo más para jugaros la vida?

Tras meditar unos segundos, Raligg dejó su muslo de pollo sobre el plato.

—Mi padre —dijo al fin.

Aquellas dos palabras pesaron como losas y fueron suficientes para que Mayisius guardara silencio. Al menos durante diez segundos que dedicó a dar un largo sorbo a su jarra de hidromiel.

—Sin duda —empezó de nuevo Mayisius—, convocar un torneo como se hacía antiguamente es una excelente forma de saber quiénes son los miembros más fuertes de una comunidad. Y tú eres hijo de tu padre, eso es indudable. Tu padre fue un gran héroe y el tapiz con su figura cuelga en la pared principal del Salón de los Héroes del Palacio de Nigg. Supongo que..., supongo que tú también estás destinado a serlo. No es fácil arrastrar el pasado familiar, no, no es nada fácil...

Mayisius volvió a beber, perdiéndose en sus pensamientos. Raligg se abstuvo de mencionar a Mortigg el Rubio y su larga cabellera. ¡Cuánto le odiaba! ¡Cómo le miraba Dafne!

—Por cierto... —empezó a hablar de nuevo Mayisius—, ¿de qué estábamos hablando?

Raligg y Mantonegro se miraron sorprendidos. ¿En serio Mayisius se había olvidado de la conversación?

—¿El torneo? —vaciló Raligg.

Mayisius se dio una palmada en la frente.

—¡Ah, sí! Pero no nos pongamos transcendentales ahora —dijo como si hubiera vuelto de un trance—. Ya has escogido tu camino y no hay vuelta atrás. Podría dedicar el resto de la noche a analizar la malísima idea que has tenido, muchacho, pero no te serviría de nada, y mucho menos para evitarte los moratones que te esperan. Si vas a participar en ese torneo «épico» y «legendario», o como diablos se llame, contarás con mi ayuda. Porque ahí no solo será importante la fuerza bruta, sino también la astucia. Y en eso, amigo mío, nadie me gana. Así que, ¡aquí me tienes!

—Y a mí también —afirmó Mantonegro—. Todavía queda algo más de medio año para que llegue el Día del Crujido. Tenemos tiempo para entrenarte.

—¿Brindamos? —propuso Mayisius levantando su jarra—. Aprovecha ahora, Raligg, porque dentro de unos días te dolerán tanto tus músculos que ni siquiera podrás levantar una pluma.

Los tres entrechocaron sus jarras de hidromiel. Raligg disimuló con su enérgico brindis que, en realidad, estaba temblando de miedo.

2

La despedida

Raligg era plenamente consciente de que participar en aquel torneo era peligroso. No tenía suficiente preparación física y, además, sería uno de los más jóvenes. Sin embargo, quería demostrar dos cosas. La primera, dejar claro a Dafne que él era valiente de verdad, y fuerte, y que su rescate no había sido fruto de la buena suerte: volvería a hacerlo otras cien veces más. La segunda, hacer que su padre, desde donde quiera que estuviera, se sintiera orgulloso de él. Al fin y al cabo, su hijo pertenecía a la mayor estirpe de guerreros del mundo. En su sangre, en algún sitio muy recóndito, palpitaba esa furia capaz de defender pueblos y conquistar corazones.

Más en el fondo, Raligg sabía que había una tercera razón, acaso la más poderosa de todas, que le empujaba a participar en aquel torneo: la aparición del irritante, petulante e insoportablemente atractivo Mortigg el Rubio.

—¿Estás seguro? No tienes que demostrar nada a nadie, solo a ti mismo —le dijo su tía, como para añadir una cuarta razón que contrarrestara aquellas tres. Y, sin duda, era lo suficientemente poderosa como para tenerse en cuenta.

—Lo hago por mí —despachó rápidamente Raligg mientras preparaba la cama para irse a dormir.

Su tía se quedó mirándole desde el quicio de la puerta. Había rehuido sacar el tema. Pero hay cosas que tienen que hablarse tarde o temprano.

—Claro, Raligg, todos hacemos las cosas por nosotros mismos. Sin embargo, las cosas que hacemos por nosotros mismos suelen coincidir con las cosas que contribuyen a que los demás nos quieran más. Como vestirse elegante, cultivar los músculos o el cerebro, o incluso comprar una joya muy cara y brillante. Por eso quiero decirte, hijo mío, que yo siempre te querré, participes o no en el torneo. Y quienes te aprecian de verdad, también lo harán.

—Lo sé, tía —titubeó Raligg—, de verdad que lo sé. Pero…

—Pero ¿a veces queremos que nos quieran más?

—Mmm…, algo así. No sé explicarlo. A veces hay gente que no está segura de quién eres y tienes que demostrárselo.

—Entiendo…

—¿Te parece mal?

—Me temo que no es algo que yo deba juzgar. Además, tanto si me parece mal como bien, lo harás igualmente. Ya tienes edad para decidir tu futuro por ti mismo. Yo solo soy una vieja con todas las decisiones ya tomadas.

Raligg se había metido ya en la cama, cubriéndose con la manta.

—Mi padre... —dijo al fin, tapándose un poco la cara para que su tía no pudiera descifrar su expresión.

—Tu padre era como tú —le interrumpió su tía soplando la vela que iluminaba la habitación. Todo quedó en penumbra, apenas débilmente clareado por la luz de la luna—. Y tu madre... era más como yo.

—¿Qué quieres decir?

—Que tu madre te quería tanto como yo —zanjó su tía Rega para no influir en la decisión de Raligg.

—Te echaré de menos, tía —dijo al fin Raligg desde la oscuridad, ya sin miedo de que el rubor le delatara. Si aceptaba entrenar, iba a tener que trasladarse a vivir una buena temporada a la Montaña Theon, también llamada Montaña del Tormento, donde los gigantes viajaban siempre para convertirse en hombres. Estaría mucho tiempo sin verla, sin saborear su estofado de ternera, sin oír su canturreo nocturno mientras remendaba alguna prenda de vestir.

—Yo a ti mucho más —aseguró ella desde la puerta—. Solo quiero que recuerdes siempre, siempre, siempre, que puedes regresar a casa cuando quieras. Pase lo que pase. Todos los caminos pueden andarse y desandarse. No hay nada definitivo ni verdadero. Solo lo que ame de verdad tu corazón.

Raligg reconoció aquellas palabras. Eran parte del cuento de hadas que su tía le leía cuando era pequeño, cuando la tormenta no le dejaba dormir.

—Y todo lo que temes es solo una sombra de ti mismo —completó él.

—Eso es. Nunca lo olvides. Buenas noches, Raligg.

Se arrebujó en la cama. Una extraña emoción le reptaba por el pecho hasta el cuello. Era una mezcla de ilusión y miedo ante lo nuevo. Iba a dejar atrás muchas cosas, pero también iba a conocer muchas otras. Iba a viajar más lejos, a probarse a sí mismo, y a demostrar, o demostrarse, que era quien creía ser.

En las cumbres que rodeaban el valle retumbó un trueno. Se avecinaba tormenta. Raligg, por un segundo, echó de menos que su tía entrara a contarle un cuento hasta que conciliara el sueño, como en tantas noches tormentosas de su infancia. Sin embargo, ya no era un niño. De hecho, en pocos días iba a tener que convertirse en un hombre, como la larva se metamorfosea en mariposa. Y los hombres no escuchan cuentos, los protagonizan.

A estas ideas se entregó Raligg hasta que el sueño le atrapó y quedó profundamente dormido. Tan profundo que ni siquiera la distante tormenta pudo despertarle.

Raligg soñó con su padre. Imaginó que sus carcajadas serían poderosas y reverberantes, como si sonaran en el interior de una cueva. También soñó con el maldito Mortigg el Rubio y su perfecta nariz, su mandíbula poderosa, sus ojos azules y su larga melena dorada, casi albina. Soñó con grandes combates, o quizá fueran épicos, o legendarios, quién sabe.

Y, finalmente, en su mente apareció la cara dulce de Dafne. Su risa cantarina. ¿Todo era por ella? ¿Todo aquel viaje para convertirse en quien quería ser lo hacía por ella? ¿Quería ser un gran guerrero realmente? ¿Era admiración por la fuerza lo que creía haber visto en la mirada de Dafne?

Aquel, indudablemente, era el acertijo más difícil al que podría enfrentarse Raligg. Pero ya no importaba, pues en pocas horas haría su equipaje y partiría hacia la temible Montaña del Tormento. Como decía el cuento que le leía su tía en las noches de tormenta: «Todos los caminos pueden andarse y desandarse. No hay nada definitivo ni verdadero. Solo lo que ame de verdad tu corazón».

«Y todo lo que temes es solo una sombra de ti mismo».

3

La Montaña del Tormento

El viaje hasta la Montaña del Tormento, también llamada Montaña Theon por quienes querían quitarle un poco de hierro al asunto, fue mucho más fácil de lo que Raligg se había figurado. Mayisius había empleado su magia para materializar un cerdo grande y fuerte que se encargaría de transportar el equipaje, por esa razón el mago apenas abrió la boca durante la travesía: si se desconcentraba, el hechizo podía desvanecerse y, sin cerdo, no tendrían más remedio que ser ellos quienes transportaran los bultos.

—¿Tenías que hacer aparecer un cerdo? —le había echado en cara Mantonegro—, ¿por qué no un burro?

—Los cerdos son más fuertes.

—Me temo que estás equivocado. Son los burros los que transportan el equipaje.

—¿Ah, sí? ¿Y qué me dices de esos guerreros de piel bronceada y cresta de pelo que suelen montarse en cerdos para cabalgar?

Mantonegro puso los ojos en blanco.

—¿En serio te has fijado en esos montadores de puercos para escoger nuestro medio de transporte?

Antes de partir, Raligg había tenido la oportunidad de despedirse de muchos de sus amigos y conocidos, y naturalmente de su tía. También había hablado unos minutos con Dafne, quien en un primer momento pareció ilusionada por aquella aventura que él estaba a punto de protagonizar, o al menos eso dedujo de su mirada. Sin embargo, a continuación ella empezó a hablar de Mortigg el Rubio y Raligg no pudo evitar recordar su cabello, aquella barba y aquel bigote, también rubios, el pendiente en forma de aro que exhibía en el lóbulo de la oreja...

—Él ya ha viajado dos inviernos a la Montaña Theon —comentó Dafne—, así que se dedicará a cuidar de la granja y fortalecer sus habilidades en técnicas de combate. Su padre ha hecho venir al mayor estratega de todo el valle.

—Ah, ¿sí? —preguntó distraídamente Raligg, haciendo rechinar sus dientes de rabia.

—No recuerdo su nombre, pero es un gigante ya anciano que ha pasado gran parte de su vida en los reinos del oeste, donde tuvo acceso a las mejores universidades y bibliotecas.

—Vaya..., impresionante.

—¿Verdad que sí?

—¿Cuánto falta? —preguntó Mantonegro, interrumpiendo los recuerdos de Raligg acerca de su última conversación con Dafne justo cuando estaba rememorando el beso en la mejilla que ella le había dado antes de marcharse. Un beso que casi le había rozado la comisura de los labios. Eso debía de significar algo, ¿no?

—Mmmpf —resopló Mayisius como única respuesta, pues la pendiente del camino se estaba haciendo empinada y el esfuerzo le exigía mayor concentración para mantener el hechizo de materialización del cerdo.

—¿Cómo has dicho? —insistió Mantonegro, frunciendo el ceño ante la cara colorada de concentración de Mayisius—. Oye, ¿no crees que hubiera sido mejor comprar un burro de verdad en vez de crear un cerdo de mentira que puede desaparecer en cualquier momento a mitad de camino?

—Mmmpf, mmpf.

—Me tomaré eso como un «tienes razón, querido Mantonegro, he sido un auténtico irresponsable».

Raligg se detuvo un segundo y contempló el paisaje a su alrededor. Ya estaban muy lejos de casa. Durante varias leguas, el camino había sido ancho y nivelado, y los expedicionarios marchaban en paralelo a los llanos márgenes del río. Pero, a medida que se habían aproximado al extremo del valle, el camino se fue estrechando, desviándose del río y convirtiéndose en un sendero, tan poco transitado que incluso al cerdo le costaba seguir adelante.

Dejaron atrás el valle y tomaron una senda por un paraje desolado, sin apenas vegetación, en el que abundaban los riscos y las rocas peladas. En algunos tramos, el camino estaba lleno de lodo, en otros, raíces prominentes salían a la superficie y, si uno no miraba el suelo, podía tropezar y caer.

—Creo que ya distingo la legendaria Montaña Theon —anunció Raligg enjugándose el sudor de la frente y dejando en el suelo los dos sacos de provisiones que colgaban de ambos extremos de una pértiga que había llevado sobre los hombros.

Mantonegro fijó la vista hacia donde señalaba el dedo índice de Raligg. Tras un denso bosque que delineaba el horizonte, surgía de una bruma espesa, la amenazadora cumbre de la Montaña del Tormento. La caprichosa forma del pico, según cómo incidiera la luz en él, parecía un gigante de tamaño ciclópeo, con los brazos extendidos a ambos lados y con sendos rayos atrapados en sus puños.

Algunas historias antiguas contaban que la Montaña del Tormento, en realidad, era la Arena en la que se celebraron los primeros torneos entre gigantes. Raligg no se podía ni imaginar cuán peligroso debía de ser no solo combatir en aquella época, sino hacerlo, además, en un resbaladizo terreno helado, mientras las ventiscas arreciaban y los relámpagos centelleaban en el cielo. Sin duda, aquella imagen sí que era legendaria.

Dos días más tarde, llegaron a su destino. Cada gigante podía escoger en qué región optaría por entrenarse. Había quienes preferían hacerlo a más de tres mil metros de altura, donde el oxígeno era escaso y el frío congelaba hasta el tuétano. Otros más precavidos elegían las cuevas del oeste, mucho más acogedoras. Había, pues, Arenas de hielo, Arenas de lava ardiente, Arenas construidas con madera...; todas ellas con sus propios niveles de dificultad y sus características, así como ventajas y desventajas tanto para adiestrar el cuerpo como la mente.

Mayisius se había decantado por un término medio: la Arena Roca, un bosque a mil metros de altura y que era conocido por las enormes rocas, dólmenes y megalitos que despuntaban por doquier.

Montaron el campamento en la entrada de una pequeña cueva, donde Mantonegro encendió un fuego que jamás se apagaría mientras durase el entrenamiento. También preparó una comida para reponer fuerzas, compuesta por huevos, berros, fresas y leche. Sería el último día que comerían algo tan delicioso, pues los siguientes meses tendrían que subsistir con lo que encontraran en aquella tierra baldía. El cerdo porteador se esfumó, desmaterializándose en un abrir y cerrar de ojos.

A la mañana siguiente, con las primeras luces del alba, empezó el entrenamiento al que se sometería Raligg.

—Para ser un gigante fuerte hay que autoevaluarse continuamente —aseguró Mayisius, mientras Raligg aún se limpiaba las legañas. Mantonegro estaba preparando el desayuno junto al fuego.

—¿Y eso cómo se hace? —preguntó Raligg.

—Salgamos fuera, muchacho.

Abandonaron la calidez de la cueva donde Mantonegro alimentaba el fuego con troncos secos, y el frío del exterior hizo tiritar a Raligg. Mayisius, sin embargo, se había lanzado a sí mismo un hechizo que le impermeabilizaba contra los rigores meteorológicos.

—¿Ves esa roca? —dijo señalando una dolmen semienterrado que duplicaba en tamaño a Raligg.

—Sí.

—Pues esa roca es tu evaluación. Cada mañana, antes de correr, hacer flexiones y abdominales, estudiar estrategias de combate, escalar riscos con los pies desnudos o practicar golpes contra los sacos de arena, deberás autoevaluarte con esa roca. La agarrarás con tus brazos y tratarás de levantarla. El primer día puede que ni la muevas, el segundo..., tampoco. Pero quizá al quinto, se mueva un poco. Y en dos semanas, se moverá mucho más. Mi misión, muchacho, es que antes de que volvamos a casa tú seas capaz de levantarla por completo.

Raligg volvió a mirar la roca, tiritando de frío, pero también tiritaba por el miedo. ¿Levantarla? Era una locura. Debía de pesar mil kilos como poco. Quizá mucho más.

—Eso es imposible —replicó Raligg—, nadie podría levantarla.

Mayisius carraspeó:

—Yo podría, muchacho.

Raligg escrutó el cuerpo enclenque del mago, a continuación observó de nuevo la roca, y finalmente volvió a mirar el cuerpo enclenque del mago levantando una ceja con escepticismo.

—¿Cómo?

—Cada uno tiene sus habilidades. Las tuyas nacen de los músculos y la fuerza bruta, por eso eres un gigante. Las mías nacen de la magia. Mis músculos son los hechizos, por eso no están a la vista.

—Entonces, ¿podrías levantar esa enorme roca?

—¡Claro que podría!

—¿Seguro?

—¡Sí!

—¿A que no me haces una demostración? —inquirió Raligg ladeando la cabeza, todavía incrédulo.

—Eh... —vaciló Mayisius—. De acuerdo, muchacho. Abre bien los ojos porque estás a punto de contemplar la potente fuerza de mis músculos.

Incluso Mantonegro había dejado de preparar el desayuno para contemplar aquella demostración desde la entrada de la cueva.

Mayisius entonó unas palabras mágicas, ejecutó unos movimientos con las manos, como dibujando arabescos en el aire, y cerró los ojos. El aire vibró. Y, de repente, la roca empezó a moverse perezosamente. Mayisius se concentró todavía más, y unas gotas de sudor empezaron a brotar de la frente a pesar del frío ambiental. Tenía los dientes tan apretados que parecía un caballo mordiendo el freno.

La roca se movió apenas un centímetro, removiendo un poco de tierra helada, y Mayisius desistió. Tal vez había escogido una roca demasiado grande... Tal vez había sobrestimado el poder de su magia... Tal vez ni siquiera tenía ni la más remota idea de lo que estaba haciendo.

—¿Ya está? —inquirió Mantonegro desde la entrada de la cueva.

Mayisius se volvió hacia él con la cara bañada en sudor y claros signos de fatiga:

—¡Era solo una demostración! Si quisiera, podría elevar esa roca hasta las nubes y después lanzarla a tus pies, Mantonegro. No he querido sacarla de su sitio porque esa es la misión de Raligg.

—¿De verdad? —exclamó Raligg, que sí había quedado sorprendido por el poder de la magia de Mayisius.

—Eh... —titubeó el mago, consciente de que no podía quedar en evidencia otra vez más—, claro, claro que puedo, pero estamos perdiendo un valioso tiempo con tantas demostraciones. ¡Empieza el entrenamiento! Y, muchacho, si me haces caso en todo, te aseguro que antes del Gran Torneo tú serás capaz de hacer lo mismo con tus músculos. Los que se ven, quiero decir.

El entrenamiento de Raligg fue una completa insensatez. En muchas ocasiones, estuvo a punto de abandonar. En otras, estaba tan exhausto que ni siquiera era capaz de pronunciar una palabra de protesta. Por las mañanas, después de autoevaluarse con aquella roca, tan inmensa que ni siquiera era capaz de desplazarla ligeramente, se sometía a los rigurosos ejercicios físicos de Mantonegro. Por la tarde, tras comer lo que este le había preparado, continuaba corriendo por senderos, levantando troncos y pegando puñetazos a los sacos de arena. Antes de cenar, Mayisius le enseñaba a meditar y conectar su bestia interior con sus músculos. Al salir la luna, con el cuerpo magullado y los músculos doloridos, Mantonegro iniciaba entonces la instrucción en técnicas y estrategias de combate.

Al tercer día, tras comprobar que, durante las clases de Mantonegro y la meditación de Mayisius, Raligg se quedaba dormido y roncaba sonoramente, decidieron cambiar el orden. Por las mañanas, a primera hora, clase de estrategia y meditación; después, duro entrenamiento físico y, por la noche, sueño reparador para no morir de agotamiento.

La Montaña del Tormento, indudablemente, hacía honor a su ominoso nombre: Raligg se sentía como si lo estuvieran sometiendo a una cruel tortura. Idea que se afianzó cuando, en mitad de un ejercicio que consistía en cavar zanjas con sus manos desnudas, desenterró algunas viejas calaveras presas en yelmos de guerrero.

—No te preocupes —le tranquilizó Mantonegro—, no son calaveras de gigantes, sino de guerreros humanos que un día trataron de usar este lugar para someterse a los mismos entrenamientos que los gigantes. Como ves, su idea fracasó estrepitosamente.

Y Raligg no pudo por menos que estar de acuerdo: un lugar tan agreste y frío, cuyas condiciones meteorológicas cambiaban radicalmente cada pocas horas, no era agradable para nadie. Tampoco para él. Al menos, mantenerse activo irradiaba calor a todo su cuerpo, y eso era preferible al imparable castañeteo de dientes que sufría cada vez que el frío le calaba los huesos.

El ambiente era tan helador que la piel de Raligg siempre estaba reseca como la corteza del roble, y los ojos se le tornaban vidriosos cuando soplaba el viento. Algunas mañanas, la espesa niebla se arremolinaba alrededor de su cuerpo, y entonces parecía esfumarse en la nada. El cielo también se hacía jirones cuando estallaban las fuertes tormentas, que en ocasiones llenaban el lugar de lluvia, otras veces, de granizo y, otras, de nieve blanca y espesa.

Había días en los que Raligg tenía nostalgia de su casa y, sobre todo, de su cama caliente. Echaba mucho de menos a su tía y su estofado. ¿Qué sería de Dafne? ¿Continuaría flirteando con Mortigg el Rubio? Pero todos estos pensamientos duraban poco: el fuerte viento racheado que atenuaba el ruido de sus pisadas al correr por las tardes no solo borraba sus huellas, sino también cualquier cosa que pasara por su mente. En la Montaña del Tormento solo estaban sus doloridos músculos y él.

Por las noches, cuando dormía hecho un ovillo junto al fuego, pensaba que todo aquel sacrificio no estaba sirviendo para nada. Pero, poco a poco, a medida que se enfrentaba a las pruebas que Mayisius y Mantonegro le ponían, descubría que su cuerpo estaba sufriendo transformaciones, y también su espíritu. Cada vez se sentía más fuerte y más animado. Incluso el color regresó a sus mejillas heladas.

Cada mañana se autoevaluaba con aquella roca gigante que debía levantar a plomo. Y al cabo de una semana, bajo una implacable tempestad, cuando ya le abandonaban las últimas fuerzas y los dedos se le ponían muy rígidos por el frío, Raligg consiguió mover la roca. Solo fue un centímetro, un mísero centímetro, pero lo había logrado al fin.

Y ese ínfimo desplazamiento, en realidad, para Raligg fue una hazaña, pues estaba convencido de que nunca sería capaz de mover un objeto tan pesado. Recordó entonces las palabras de su tía: «Y todo lo que temes es solo una sombra de ti mismo».

4

La reunión de dos viejos enemigos

Muy lejos de allí, a varios días e incluso semanas de camino, se estaba produciendo una invocación maléfica que no había sido usada desde tiempos inmemoriales. Aquella invocación era tan terrible que nadie en su sano juicio se atrevía a realizarla, y aunque a lo largo de la historia muchos han perdido el juicio, pocos disponen de los conocimientos suficientes para llevarla a cabo.

Dos personas que sí sabían cómo realizarla estaban juntas en la Sala de Hechizos de un antiguo templo en ruinas. Allí estaba el maestro de Mayisius, Sorcerus, la parte maléfica que había sobrevivido como un parásito en el alma de Mayisius y del que este, por fin, se había liberado. Su compañera era, si cabe, mucho más temible e imprevisible. Se trataba de Tyreanne, la Señora de los Mil Inviernos, maestra de las artes oscuras de la nigromancia, descendiente de una estirpe de brujas cada vez más poderosas y crueles.

Todo el mundo creía que aquella bruja y su ejército de Burócratas Grises habían perecido, pero no era así. Tyreanne estaba acostumbrada a burlar a la muerte gracias a la magia del brebaje del Hechisu, y había vuelto a lograrlo gracias a los restos que aún tenía en su interior desde la última vez que lo había tomado. Y es de todos sabido que si una bruja malvada regresa de la muerte, su maldad viene multiplicada por mil. Por ello, también ella estaba participando en aquella invocación tan peligrosa para el futuro de todos los seres vivos.

Era cierto que Sorcerus había sido su rival en el pasado, incluso la había vencido, de ahí que las razones que le habían conducido a aliarse con ella fueran oscuras y desconocidas. Tal vez la bruja le había ofrecido un gran poder a cambio, esa clase de poder que nubla las emociones de los magos más ambiciosos. O quizá Sorcerus había sido víctima de algún hechizo que controlaba su mente. Quién sabe. El caso es que el mago ya no era de fiar.

Lo grave de la situación era que dos poderosos hechiceros con el juicio parcialmente perdido estaban invocando el fin del mundo.

Ambos iban alternándose en la lectura del antiguo *Libro de los Muertos*, un pasaje él, un pasaje ella, con el fin de mezclar sus poderes y concentrarlos en el mismo conjuro. Y todo ello tenía un único objetivo: vengarse por el ataque de los gigantes y sus ejércitos aliados. Vengarse del mundo entero y doblegarlo a su voluntad.

La risa enloquecida de la Señora de los Mil Inviernos recordaba los graznidos estridentes de un pajarraco y llenaba por completo la amplia estancia en penumbra de la Sala de Hechizos. Unos trasgos cubiertos con capas oscuras danzaban para ejecutar el ritual de invocación, girando en torno a un gigantesco crisol de piedra en el sentido contrario a las agujas del reloj.

Sorcerus estaba al otro lado de la mesa donde permanecía abierto el *Libro de los Muertos*, moviendo las manos mientras leía su pasaje y generando luces tenues y azuladas en el ambiente, como si toda la sala estuviera sumida en las profundidades del mar. Por su parte, la Señora de los Mil Inviernos generaba luces verdes como la hiedra, que aparecían y se desvanecían a cada poco. Sus ojos destellaban de rabia y locura.

—¿Qué pone aquí? —interrumpió Sorcerus.

—¿Dónde? —preguntó la bruja.

—Aquí, aquí, donde tengo el dedo.

—Mmm…, no lo sé. Está borroso.

—¿Cómo puede estar borroso un pasaje del *Libro de los Muertos*?

—Es un libro muy antiguo…

—Pero es un libro importante, poderoso, mágico. ¿Cómo es posible que el tiempo pueda borrar las letras? Maldita sea, es que no sé si pone «acebrón» o «aberrón».

—No creo que importe demasiado.

—¿Entonces? ¿Digo cualquiera de las dos palabras para el conjuro?

—Mmm..., hagamos una cosa. Tú dices «acebrón» y yo digo «aberrón». Y lo decimos a la vez. Así no habrá duda.

Sorcerus no estaba muy convencido de que la magia surtiera efecto usando esa clase de trucos lingüísticos, pero finalmente admitió que no se le ocurría nada mejor. Así lo hicieron y pareció funcionar.

De los dedos de ambos magos brotaron relámpagos y pequeñas lenguas de fuego. Los trasgos huyeron despavoridos, guareciéndose tras las columnas de la sala o desapareciendo por la escalera de caracol que conectaba con los pisos inferiores de aquel templo en ruinas. Todo el aire se llenó de un vapor que desprendía un hedor repugnante.

Tanto Sorcerus como Tyreanne estaban pálidos y ligeramente demacrados debido a la energía vital que estaban consumiendo en aquella invocación.

Sin embargo, ni siquiera dos magos tan poderosos eran suficientes para invocar a Gran Bestia, el titán mitológico del que tantas leyendas se habían escrito, pero cuya existencia nadie conocía a ciencia cierta; para muchos, representaba al mismísimo diablo; para otros, solo era una criatura antigua que llevaba miles de años durmiendo en las entrañas de la tierra. La cuestión es que nadie había logrado escribir ni una sola línea acerca de ello, porque quien había contemplado a Gran Bestia no había vivido para contarlo.

La invocación de un ser de aquella naturaleza requería tanto poder que ni siquiera Sorcerus y la Señora de los Mil Inviernos eran suficientes. Ni contando con el poder de cinco o diez magos aliados en aquella locura se conseguiría. Necesitaban el espíritu y la vitalidad de otras criaturas poderosas. Y el lugar donde iba a reunirse la mayor concentración de fuerza y poder era el Gran Torneo que iba a celebrarse en el Valle de Nigg.

La Señora de los Mil Inviernos llamó a uno de los trasgos y le pidió que se acercara.

—Tú nos traerás lo que queremos —dijo con voz sibilante, como la de una serpiente.

El trasgo se aproximó al centro de la sala, lentamente, temblando de miedo. Se despojó de su capucha, dejando al descubierto un rostro horripilante, privado de nariz y con un pelo crespo que le crecía de las cejas. Sus ojitos inquietos eran verdes y se movían sin cesar. Sus labios lívidos trataron de componer una especie de sonrisa de satisfacción antes de responder:

—Sí, señora, lo que digáis.

—Pero antes —señaló Sorcerus—, hemos de ponerte más guapo.

5

Bienvenidos al Gran Torneo

La noticia del Gran Torneo llegó a todos los rincones del mundo, y el interés suscitado fue extraordinario. Aquel encuentro no solo era una oportunidad para medir las fuerzas de los participantes, sino una celebración de la libertad y la autonomía recuperadas tras liberarse del yugo de la Señora de los Mil Inviernos y su ejército de Burócratas Grises.

A medida que las fechas del Gran Torneo se aproximaban y el frío del invierno iba siendo sustituido por la calidez de la primavera, empezaron a llegar viajeros de todos los puntos cardinales del mundo al Valle de Nigg. Venían en barcas desde el norte, de las colinas del Cobre y también de los bancos de arena del sur. Algunos viajaron durante meses, navegando incluso por la noche, para poder estar presentes en la ceremonia de inauguración.

El Gran Torneo se celebraría en las praderas situadas a las afueras de la aldea, muy cerca de las ruinas de los antiguos recintos. Allí era donde los ancestros gigantes habían disputado poderosas batallas, y por todos lados había rastros y huellas de los golpes y el entrechocar de las armas.

La Arena donde tendría lugar la competición estaba rodeada de gradas con capacidad para miles de asistentes, de modo que nadie se perdiera ni un detalle de la batalla. Un pequeño riachuelo la dividía en dos y brotaba agua de una fuente en forma de estatua. Era una Arena bastante majestuosa, teniendo en cuenta que era la primera que se preparaba en mucho tiempo.

El Gran Torneo ofrecía alegría y diversión a la aldea, pero también constituía una ocasión para reafirmar el vigor de la nación de los Gigantes. Y el símbolo de aquel vigor lo representaba el Gigante de Paja, una majestuosa estatua tejida con dicho material, levantada junto a la Arena, y que tenía diez veces el tamaño de un gigante. Todos los que iban a participar en el torneo contribuyeron con algún adorno festivo para engalanarlo: cintas, flores, guirnaldas y abalorios de todo tipo.

Sin embargo, había un pequeño problema. Liberados de los procedimientos de los Burócratas Grises, ahora los gigantes tenían total autonomía para organizar su vida como estimaran oportuno. Pero, por falta de costumbre, o quizá por la inercia, habían surgido algunos problemas organizativos. El primero y más importante fue que, justo en las mismas fechas y en el mismo lugar, se había emplazado la celebración de una feria de ganado.

De modo que, en mitad de lo que era un torneo protagonizado por los guerreros más poderosos del mundo, se instalaron carpas con animales, puestos de conservas, bailarines que giraban sobre sí mismos, barriles de hidromiel y, sobre todo, había muchos niños correteando y jugando por todas partes. Mientras se saludaban los gigantes que regresaban de la Montaña del Tormento, los granjeros cerraban tratos comerciales y los vendedores ambulantes ofrecían las más diversas mercancías. Al final, algunos guerreros de gesto serio acabaron contagiándose del ambiente festivo, y rieron y bailaron al son de la música. Todo aquello tenía más aspecto de feria que de Gran Torneo, pero ya era tarde para subsanarlo.

Hacía ya algunas horas que Raligg, Mayisius y Mantonegro habían llegado. El entrenamiento de Raligg había concluido satisfactoriamente, y ya había tenido la ocasión de dar un beso a su tía Rega y decorar el Gigante de Paja con unas flores azules y amarillas. Mayisius, por su parte, bailaba alegremente alrededor de los carromatos de juglares, acróbatas y actores que habían llegado para amenizar lo que creían que era la más extravagante feria de ganado de la historia.

—Qué animado está esto, ¿verdad? —observó Raligg.

Mantonegro acompañaba a Raligg en las colas que se habían formado frente a la oficina de admisión al Gran Torneo. Allí había guerreros de todo tipo. Muchos eran gigantes recién llegados de la Montaña del Tormento, todavía con el gesto endurecido por las inclementes condiciones meteorológicas que habían padecido, pero también había otra clase de criaturas ataviadas con pesadas armaduras, túnicas de cuero, largas capas negras y enormes yelmos plateados. Por todas partes había carcajes llenos de flechas, grandes arcos de cuerno, mazas, garrotes, cimitarras y espadas.

En otras circunstancias, Raligg se hubiera sentido intimidado frente a todos aquellos guerreros, pero no fue así. En primer lugar, porque ya no era el chico que había abandonado el valle para entrenarse en Theon. Sí, continuaba siendo un muchacho, pero sabía que era mucho más fuerte y sabio que antes, y ello le proporcionaba mucha más seguridad en sí mismo. La segunda razón tenía que ver con Dafne: estaba tan preocupado por coincidir con ella y saludarla que apenas prestaba atención a todo lo demás.

De pronto Raligg la localizó, más bonita aún que en su recuerdo. Sin embargo, algo no encajaba. También ella hacía cola para la admisión al Gran Torneo.

—¿Dafne?

—¿Raligg?

—¿Dafne? —repitió Raligg como para asegurarse de que Dafne era Dafne y que, en efecto, estaba aguardando su turno.

—Sí…, ya puedes verlo, al final me animé —dijo Dafne, que ahora entendía que le debía una explicación a Raligg—. No fui a la Montaña del Tormento, como tú, pero no me he quedado cruzada de brazos por aquí. También estoy dispuesta a participar y me esforzaré por superar las primeras eliminatorias. Tú…, tú estás bastante cambiado.

Estas últimas palabras las pronunció Dafne desplazando la mirada de arriba abajo por el cuerpo de Raligg. Así era, estaba más fuerte, un poco más alto y su rostro ahora estaba ligeramente cincelado en piedra, la típica expresión del que ha pasado demasiado tiempo en la Montaña del Tormento. Con todo, Dafne tampoco parecía la misma: estaba más resuelta, más expresiva y, también, parecía más fuerte. Por un segundo, Raligg barajó la idea de que le tocara luchar con ella. ¿Acaso podría enfrentarse al amor de su vida?

—Supongo que lo estoy —respondió Raligg—, han sido muchos días. Y Mayisius me ha sometido a un entrenamiento muy duro. Al final, conseguí mover la roca.

—¿Cómo?

Raligg llevaba tanto tiempo entrenando y enfrentándose a la roca que había dado por supuesto que todo el mundo la conocía tanto como él. En efecto, había logrado moverla unos cuantos metros de su sitio, dejando tras de sí un enorme surco de tierra. Sin embargo, le había resultado imposible levantarla por encima de su cabeza. No lo había logrado, pero al menos era capaz de desplazarla mucho más de lo que hubiera imaginado el primer día de entrenamiento.

—Nada, olvídalo. ¿Qué tal por aquí? Eh…, ¿dónde está Mortigg? —Raligg hubiese querido posponer esa cuestión un poco más, para no sonar tan desesperado como había sonado, pero aquella pregunta le quemaba la garganta desde hacía un buen rato.

—¿Mortigg? Hace una hora que hizo la inscripción. Debe de estar preparándose en la Arena. ¿Tienes especial interés en verle?

—Eh…, no, no —se sonrojó Raligg—. Solo tenía curiosidad por saber qué tal le había ido el entrenamiento.

—Pues, sinceramente, no lo sé. Hace mucho que no hablo con él.

Raligg lanzó un suspiro de alivio. Al fin y al cabo, Mortigg no había aprovechado su ausencia para tratar de seducirla. Lo cual le parecía un tanto sospechoso, pues aún estaba más bella que antes de partir hacia la Montaña del Tormento.

—Pero si quieres, te cuento mi entrenamiento —dijo Dafne sonriendo abiertamente.

—¡Claro! —exclamó Raligg—. Soy todo oídos.

Y mientras Dafne hablaba y Raligg escuchaba su voz embelesado, siguiendo los movimientos de sus ojos y sus labios, fueron aproximándose, metro a metro, a la mesa de admisión al Gran Torneo, rodeados de caballeros con armadura plateada, ogros peludos, guerreros de trenzas rubias, hechiceros e incluso un príncipe de modales atildados y espada certera. También había alguna de las míticas arqueras de la cordillera Ufwell, duendes de los mares de Fincherlín pertrechados con lanzas y puñales y bárbaros del sur con el cuerpo embadurnado de aceites fragantes. Hasta allí habían llegado poderosos minotauros y uno de esos montadores de cerdos que exhibían una cresta de pelo en el cráneo; e incluso Hedra, la valkiria de las Tierras del Norte que había prestado su ayuda en la batalla contra la Señora de los Mil Inviernos. Raligg y Mantonegro la saludaron desde la distancia, y ella sonrío, para enseguida volver a ponerse seria: no era muy apropiado para un guerrero confraternizar demasiado con sus oponentes.

Entre los participantes llamaba la atención una atractiva chica de pelo rojo como el fuego y cuerpo flexible como un junco. En su espalda cargaba un enorme trabuco de fabricación artesanal capaz de disparar proyectiles explosivos. Se la conocía como la Trabuquera, pero su nombre real era Sorsha. Nadie se había dado cuenta, ni siquiera Raligg, pero Sorsha no dejaba de mirarle, torciendo de vez en cuando el gesto.

6

Las primeras eliminatorias

La primera eliminatoria para Raligg fue el tercer combate que se celebró en la Arena. Los vítores, aplausos y gritos del público solo se interrumpían cuando se llevaban a la boca manzanas caramelizadas u otros dulces adquiridos en los puestos de venta de la feria que compartía espacio con el Gran Torneo.

Raligg, pues, había tenido tiempo de contemplar la brutalidad de los primeros combates y, por un segundo, se sintió profundamente inseguro. Al fin y al cabo, a pesar del duro adiestramiento en la Montaña del Tormento y haber logrado desplazar unos metros aquella enorme roca, solo era un gigante de quince años.

—¡TERCEEER COMBATEEE! —aulló uno de los cinco jueces a través de un altavoz fabricado con madera de abedul. Aquel era el juez que evaluaba al ganador por puntos en caso de empate y el responsable de evitar que se infringieran las tres reglas esenciales de la Arena. Mientras gritaba, su densa barba parecía electrizarse.

Las tres reglas eran las siguientes. Primera: tres minutos de combate, ni uno más, ni uno menos. Segunda: se declara vencedor a quien deja al otro inconsciente, admite su rendición o pisa tierra fuera del área de la Arena. Tercera: quedan terminantemente prohibidas las ayudas externas de cualquier tipo.

Los participantes podían luchar con las manos desnudas o con un arma de su elección. En los tiempos antiguos, la Arena era mucho más grande y espectacular. Los combates, además, se disputaban entre dos grupos de cinco participantes que, a su vez, debían proteger de la destrucción tres torres de piedra donde se encontraba un participante que las defendía con arcos o ballestas.

Sin embargo, esta era la primera Arena donde los organizadores habían preferido simplificarlo todo, aunque uno de los ancianos del Consejo había tenido el capricho de que se instalara un gong, que pendía de dos gruesas cuerdas atadas a las ramas de un árbol milenario, junto a la mesa del jurado. El gong tocaba casi el suelo y en él se habían esculpido bajorrelieves de distintos combates que representaban las seis torres de la Arena, tres para cada bando. Un musculoso gigante con el torso desnudo golpeó la superficie con una maza enorme. El golpe resonó en toda la aldea.

Empezaba el combate.

Raligg abandonó su barrera situada en uno de los extremos de la Arena. Desde allí, los quinientos metros cuadrados de superficie arenosa le parecieron muchos más. A pesar de su cuerpo de gigante, se sentía diminuto en aquel recinto. Ni siquiera se atrevió a echar un vistazo a las gradas por miedo a encontrarse con los ojos de Dafne. Quien sí le miraba fijamente desde su asiento mientras acariciaba suavemente su enorme arma de fuego era Sorsha.

—Intenta recordar todo lo que has aprendido —le susurró a su espalda Mantonegro desde la barrera.

—¡Y también mi entrenamiento! —intervino Mayisius, que estaba junto a Mantonegro zampándose una manzana caramelizada.

Raligg estuvo a punto de objetarle que su entrenamiento de meditación, básicamente, había consistido en pensar mucho rato. Pero no lo hizo, porque ya imaginaba que Mayisius le hubiese repetido lo mismo que en la Montaña Theon: «Hay que pensar en tus músculos para que tus músculos sean músculos». Una frase que para él, francamente, no tenía mucho sentido.

—Y recuerda que es mucho mejor ser un gigante vivo que un héroe muerto —añadió Mayisius.

Raligg estuvo a punto de retroceder, pero finalmente no lo hizo: si bien no era lo frecuente, cabía la posibilidad de que un combate terminase con una herida de gravedad o incluso la muerte, pero ¿en qué se iba a convertir si se rendía ahora? ¿Acaso no era hijo de su padre?

La tía Rega también animaba a Raligg desde las gradas, junto a las cientos de voces que gritaban y lanzaban papeles de colores con forma de espiral.

—¡RALIGG NAGGIGG, DEL VALLE DE NIGG, SE ENFRENTAAA... A KAEL DE DORTHINGHAM, PRÍNCIPE HEREDERO DE LOS REINOS DE BENTHAM!

En el otro extremo de la Arena apareció el príncipe de modales exquisitos. Vestía con tanta elegancia que, en vez de estar a punto de participar en el Gran Torneo, parecía que iba a acudir a una cena de gala en palacio.

La gente aplaudió rabiosamente, y algunas chicas del público sufrieron pequeños desmayos al contemplar la belleza de aquel joven de larga cabellera dorada.

—¡QUE EMPIECEEE... EL COMBATEEE! —vociferó el juez a través del altavoz de madera de abedul que amplificaba tanto el sonido que se escuchaba hasta en los confines de la aldea.

Raligg no quería quedarse paralizado dando rienda suelta a sus pensamientos. A veces, hasta la torre más alta puede derribarse si los cimientos no son firmes. De modo que se lanzó a la carrera sin plantearse si los suyos lo eran: lo comprobaría sobre la marcha.

Para bien o para mal, estaba dispuesto a desplegar toda su fuerza en ese primer combate. Cubrió los metros de su área en pocos segundos, lanzando un grito de guerra, y saltó el pequeño riachuelo que dividía en dos la Arena. Había un par de pequeños puentes de madera para cruzarlo, pero él prefirió atravesarlo de un salto. Quizá así resultaría más ofensivo para su enemigo.

Y le funcionó, porque a medida que se aproximaba a toda velocidad contra el príncipe Kael, fue distinguiendo la mueca de terror que se dibujaba en su rostro. El príncipe era un joven bastante enclenque, sobre todo si se le comparaba con un gigante. Era como asistir al combate entre una escoba y un armario.

Cuando se encontraba a un metro de su oponente, Raligg llevó hacia atrás su poderoso puño, aquél que había usado miles de veces en la Montaña del Tormento contra los sacos de arena, y el joven príncipe gritó cubriéndose la cara con las manos:

—¡Me rindo!

Raligg trató de frenar en seco, pero su inercia era tal que finalmente se estrelló contra Kael, que desapareció bajo la mole de su cuerpo. Bajo esos cuatrocientos kilogramos de peso, se oyó la débil voz del príncipe:

—Me... rin... do...

—¡EL PRÍNCIPE KAEL DE DORTHINGHAM SE HA RENDIDOOOO! —vociferó el juez—. ¡PASA A LA SIGUIENTE ELIMINATORIA EL VENCEDOR, RALIGG NAGGIGG, DEL VALLE DE NIGG!

El público prorrumpió en aplausos y vítores.

—No ha estado mal —valoró Mantonegro—, no ha establecido ninguna de las estrategias que le he enseñado, solo ha usado su peso como arma, pero no ha estado mal.

—Bueno —matizó Mayisius—, la estrategia ha sido un poco más sutil, creo yo. Raligg ha recurrido a la fiereza gigante para que en la mente del contrario surja la siguiente reflexión: «¿Vale la pena jugarme la integridad de todos mis huesos por ganar esta eliminatoria?». ¡Y le ha funcionado!

Raligg se incorporó, tratando de no aplastar más el pobre cuerpo de Kael. La verdad es que, afortunadamente, el príncipe no estaba tan magullado como había creído: cara de susto, ropa manchada de polvo y el pelo despeinado, poco más. Con todo, cuando se levantó del suelo e intentó abandonar la Arena saludando a sus fans femeninas, a punto estuvo de tropezarse de nuevo porque su rodilla izquierda había quedado seriamente afectada por el golpe.

—Buen... combate —le dijo desde lejos Raligg. Pero Kael ya se había esfumado de la Arena, colorado por la vergüenza. El gigante se volteó hacia el público, que repetía su nombre una y otra vez y, con cierta timidez, levantó un puño al aire, celebrando la victoria. Los vítores desde la grada se redoblaron, y Raligg, por primera vez en su vida, se sintió un héroe poderoso, tal vez un digno sucesor de su padre.

Dafne, sorprendida por la facilidad con la que Raligg había vencido, aplaudía desde el otro lado de la Arena. Sorsha dejó en el suelo su trabuco para levantarse y poder verle mejor. En su boca se había dibujado una sonrisa.

Las primeras eliminatorias se desarrollaron durante toda la mañana. La mayoría de los combates duraban apenas un par de minutos, otros consumían todo el tiempo disponible, obligando al jurado a deliberar sobre quién era el vencedor. Aunque el Gran Torneo se había recuperado por primera vez en mucho tiempo, era como si nunca se hubiera dejado de celebrar, a juzgar por la naturalidad con la que se desarrollaban los combates.

La Arena se llenó de golpes, gritos y jadeos de esfuerzo, espadas entrechocando, un hacha remolineando vertiginosamente, mandobles de palos y puñales, estocadas de cimitarras, rodillas hincándose en el suelo, patadas lanzadas según las directrices de antiguas artes marciales, iracundos alaridos de dolor, hechizos de fuego o hielo que hacían saltar las piedras, el agua y la madera de puentes por los aires… y cuando le tocó el turno a Sorsha, esta venció limpiamente a su oponente disparando su trabuco contra el filo de su espadón, que estalló en mil pedazos.

Como volver a cargar el trabuco le llevaba casi dos minutos, Sorsha lo soltó y se lanzó corriendo hacia su desorientado rival, ejecutó una llave con piernas y brazos que lo derribó y dejó inconsciente. Ella se levantó triunfante, buscando la mirada de Raligg. Sin embargo, Raligg tenía los ojos fijos en Dafne, que cada vez le tenía más fascinado. No solo se había tornado más bella y seductora desde que no la veía, sino que ahora se había revelado como una intrépida luchadora, venciendo a sus oponentes con elegancia. Ante la evidencia, Sorsha se sintió desairada y torció el gesto enfurruñada.

Raligg tenía también mucho interés en observar a Mortigg el Rubio, aquel gigante petulante que parecía andar siempre sin tocar el suelo. No obstante, vio frustrada la oportunidad de escudriñar su fuerza, pues en dos de las eliminatorias, sus oponentes no se presentaron. No concurrir a la Arena cuando llega tu turno era motivo de expulsión inmediata del Gran Torneo.

Mortigg el Rubio había superado los primeros enfrentamientos sin propinar ni un solo golpe. «Hasta para eso tiene suerte», pensó Raligg, quien, irónicamente, también estaba siendo muy afortunado en aquellos combates iniciales. El príncipe Kael se había quedado petrificado por el pánico, y al enfrentarse a Sorsha, la dueña de aquel enorme trabuco fabricado artesanalmente, advirtió que tampoco era necesario usar la fuerza para vencerla.

Cuando el juez hubo dado la señal de inicio del combate, enseguida se clarificó la razón por la que Sorsha había estado observando con tanto interés a Raligg. A pesar de que disponía de su trabuco alimentado con los secretos polvos explosivos que fabricaban los mejores alquimistas del mundo, ni siquiera lo empuñó. Sencillamente se aproximó lentamente a Raligg hasta que estuvieron apenas a un metro y, mirándose la punta de las botas, susurró unas palabras.

Raligg frunció el entrecejo. No daba crédito al hecho de que aquella oponente se limitara a aproximarse a él totalmente desarmada y con más timidez que agresividad. No sabía cómo debía reaccionar, hasta que creyó escuchar lo que acababa de escuchar.

—¿Cómo has dicho? —quiso asegurarse.

—Que te amo, Raligg.

Raligg se ruborizó repentinamente. El público de la Arena permanecía en completo silencio, acaso para lograr captar alguna de las palabras que se intercambiaban los combatientes.

—Que... me...

—¡Te amooo! —gritó entonces Sorsha, y su voz llegó a todos los rincones de la Arena: ya no le importaba admitir frente a todo el mundo el motivo de haberse inscrito al Gran Torneo. Desde que había oído hablar de Raligg y su batalla contra la Señora de los Mil Inviernos, había soñado cada noche con él. Cuando lo vio en persona, sabía que era el amor de su vida. Y ahora que lo tenía justo delante, estaba dispuesta a admitirlo ante todo el mundo.

El público estaba tan desconcertado que, por unos segundos, no sabía si echarse a reír, mantener un respetuoso silencio frente a tamaña muestra de sincero amor o lanzar toda clase de protestas por la ausencia de emoción en el combate. Finalmente, la gente optó por hacer las tres cosas: algunos se carcajeaban, otros gritaban y otros suspiraban. Entre los que guardaron silencio estaba Dafne, que no sabía si ponerse celosa o alegrarse por el éxito de Raligg con las mujeres.

Mayisius, que había golpeado con el codo a Mantonegro, decidió hablar:

—Ah, el amor, el amor... es el arma más poderosa de todas. Fíjate en esa arma de fuego tan ruidosa, pues la flecha del amor es todavía más potente.

—El amor lo puede todo —aseguró Mantonegro con cierta melancolía, quizá recordando alguna antigua relación.

—Bueno, yo no diría tanto. Precisamente tengo conocimientos acerca de un conjuro que es capaz de neutralizar cualquier tipo de amor romántico y fraternal. En tal caso, amigo mío, hay algo que puede más que el amor. El desamor. El desamor que yo soy capaz de proporcionar con mis espectaculares e increíbles habilidades mágicas.

Mantonegro no pudo evitar reírse de aquellas palabras demasiado pagadas de sí mismas, pero finalmente concluyó:

—Pues vete preparando ese conjuro, porque es muy probable que Raligg te pida que se lo lances a esa trabuquera.

—Por la cara que pone ahora Raligg, estoy convencido de ello.

Raligg tragó saliva y se humedeció los labios antes de proseguir, tratando de conectar su mirada con la de Sorsha. Pero ella no se atrevía a levantar la vista del suelo.

—Creo que podríamos hablarlo luego, si quieres, pero..., eh..., tenemos que luchar, estamos en la Arena. O si lo prefieres...

—Tú mereces ganar —declaró Sorsha con voz neutra, quizá un poco defraudada por la reacción de Raligg, y se echó a correr, en parte para huir de aquel bochorno, en parte para cederle la victoria.

—Y EL GANADOR ESSSS... ¡RALIGG NAGGIGG, DEL VALLE DE NIGG, POR ABANDONO DEL OPONENTEEEE!

—Enhorabuena por la victoria..., rompecorazones —le felicitó Dafne cuando se aproximó a él.

A pesar de que Dafne había matizado esa última palabra guiñando el ojo izquierdo, él se vio obligado a ofrecerle explicaciones:

—Yo no sabía nada, me he quedado tan sorprendido que...

Dafne le sonrió con dulzura.

—Tranquilo, ¿eh? No tienes que darme ninguna explicación. Al fin y al cabo, entre tú y yo aún no hay nada, ¿verdad?

—Verdad —respondió Raligg, pero tardó casi cinco segundos en reaccionar, tratando de descifrar la intención de aquella pregunta. Finalmente, dio con la clave.

La clave, lo más importante de aquella frase, era una palabra, solo una…

—Vámonos, Romeo —le interrumpió entonces Mayisius, debemos prepararnos para las siguientes eliminatorias.

—Seguro que no son tan fáciles —añadió Mantonegro, que también se había acercado a ellos.

Raligg se despidió torpemente de Dafne, deseándole toda la suerte del mundo para los siguientes combates. Y entonces pensó de nuevo en esa palabra clave de la frase de Dafne. La palabra más importante era: «aún». Había dicho «entre tú y yo *aún* no hay nada». Si decía «aún» es que, quizá, tal vez, a lo mejor significaba que se estaba planteando que entre ellos habría *algo* en un futuro. ¿Qué significa «algo»? ¿Novios? ¿Amigos? ¿Cómo una simple palabra podía encerrar tantos significados y abrir tantas puertas a la reflexión? ¿Deberían incorporar la palabra «aún» a los grimorios de magia por todos los cambios emocionales que era capaz de…?

—Me estás asustando con esa cara, muchacho —interrumpió Mayisius. Y Raligg se puso de nuevo colorado al comprobar que se había quedado mirando el infinito con la boca ligeramente abierta.

Las segundas eliminatorias se celebraron por la tarde. Raligg advirtió que los oponentes eran más amenazantes. Por ejemplo, había un mago que era especialista en lanzar poderosas telarañas que envolvían el cuerpo del enemigo y limitaban sus movimientos. También había una criatura que él nunca había visto y que se desplazaba sobre cuatro patas oponibles que, según se rumoreaba, eran capaces de lanzar una saliva que corroía las armaduras más resistentes. A estos se sumaba un goblin experto en el uso de unos hilos finos, casi imperceptibles a la vista, pero capaces de cortar limpiamente un tronco de madera.

A Raligg no le apetecía volver a encontrarse con Sorsha, principalmente porque no sabría cómo gestionar aquella situación. Sin embargo, no tuvo que hacer ningún esfuerzo por evitarla. Se había esfumado del Gran Torneo. ¿Habría regresado a sus tierras, avergonzada? Quién sabe...; era la primera vez que una chica mostraba interés por él y no tenía ni idea de lo que ocurría en estos casos.

Para no continuar dándole vueltas a todo aquello, Raligg se acomodó en un lateral de la Arena desde donde contemplar el primer combate de las segundas eliminatorias. Se enfrentaban Dafne y Hedra, la valkiria de las Tierras del Norte. El combate, sin embargo, no duró demasiado.

Dafne era hija de la ninfa del arroyo del molino. Tenía un cuerpo fuerte, pero ni mucho menos era tan rápida como Hedra. Esta había sido adiestrada en técnicas de combate que le permitían desplazarse por la Arena con el sigilo y la velocidad de una culebra. Además, la cicatriz en forma de cruz que tenía en la mejilla y sus ojos de color hielo evidenciaban que ya había luchado en mil combates.

Tras el golpe del gong, la primera eliminatoria se zanjó con la victoria de Hedra, que consiguió arrancar del público un entusiasta aplauso de admiración. Dafne se había rendido al poco de besar el suelo, inmovilizada bajo la fuerza de una llave que le había practicado Hedra. Afortunadamente, para consuelo de Raligg, no resultó herida, solo ligeramente magullada. Además, la frente manchada de barro y el pelo revuelto le otorgaban cierto encanto.

En el segundo combate se enfrentaron un minotauro contra otro gigante. Los golpes y alaridos eran tan rotundos que la tierra parecía temblar. Por primera vez en mucho tiempo, parecía que la verdadera naturaleza de los gigantes y su legendario poder regresaban al Valle de Nigg. El minotauro cayó de bruces en la arena y un griterío desaforado recorrió las gradas.

En la pausa antes del siguiente combate, Raligg aprovechó para ir al baño: dentro de muy poco le tocaría salir de nuevo, y los nervios le revolvían el estómago. Sin embargo, antes de llegar a la puerta del cobertizo de madera habilitado como baño público, notó un resplandor extraño tras una empalizada. Fue una percepción tan fugaz que ni siquiera estaba seguro de no haberla imaginado; un fogonazo violeta y un zumbido ultrasónico.

De pronto, detrás de la empalizada apareció Mortigg el Rubio con el rostro perlado de gotas de sudor y un ligero jadeo instalado en la garganta.

—Ah... ¡Hola! —fue lo único que acertó a pronunciar Raligg, y enseguida se arrepintió de haberlo dicho: eran las palabras más ridículas que podía imaginarse dadas las circunstancias.

Mortigg el Rubio se quedó quieto durante un segundo, giró la cabeza con el semblante ensombrecido en dirección a Raligg y, durante otro largo segundo, le traspasó con la mirada, como si tratara de acceder a sus pensamientos. Al tercer segundo, dibujó una pequeña sonrisa:

—¡Ra-ligg Na-gigg! —se limitó a decir pronunciando todas las sílabas con tanto ahínco que pareciera estar en una clase de lenguaje arcaico—. ¿Preparado para el siguiente combate?

Raligg se sintió profundamente inseguro, pero entonces recordó su duro entrenamiento en la Montaña del Tormento, las largas jornadas de ejercicio extenuante, las noches gélidas, los consejos tácticos de Mantonegro y los discursos entusiastas de Mayisius, y enseguida advirtió que no había motivo para la inseguridad. Estaba más que preparado para enfrentarse a aquel presuntuoso contendiente.

Quizá nunca podría alcanzar la perfección de aquella cabellera rubia y aquella seductora sonrisa, pero tenía un par de puños para demostrarle quién mandaba allí.

Además, la espontánea declaración de amor de Sorsha le había hecho ganar cierta seguridad también en lo referente a su porte y la armonía de sus facciones. En definitiva, tampoco debía de estar tan mal si había una chica dispuesta a confesar que le amaba delante de cientos de desconocidos.

—A ti te toca ahora —fue la seca respuesta que Mortigg obtuvo de Raligg.

Mortigg asintió como si estuviera en otra parte, y su sonrisa se ensanchó un poco más.

—Suerte, Raligg. La vas a necesitar.

Y sin permitir que Raligg replicara a aquel desafío, Mortigg se dirigió raudo hacia la Arena, preparado para el próximo combate. Raligg trató de no pensar más en él y se dirigió al encuentro de Mayisius y Mantonegro. Cuando al fin se reunió con ellos, no podía dar crédito a lo que ocurría en la Arena.

—Otro abandono —confirmó Mayisius—, se ha esfumado.

—¿Qué? —preguntó Raligg.

—El oponente de Mortigg, que no se ha presentado a la última llamada del combate. Se ha largado. Ni siquiera ha dicho «adiós». Ha desaparecido. Mi sexto sentido no deja de susurrarme al oído: «Mayisius, hazme caso y deja de prestar atención a tus otros cinco sentidos, sobre todo a tu vista, que empieza a necesitar de unas lentes para leer. Fíate de mí: aquí huele a podrido aunque tu nariz no sea capaz de oler nada, si acaso el caramelo templado de las dos manzanas que acabas de zamparte. Hazme caso, Mayisius, esto huele a podrido».

—¿Otra vez? —preguntó Raligg sin prestar demasiada atención al monólogo que había iniciado Mayisius—. ¿Acaso la suerte está del lado de ese maldito Mortigg? ¡Al final va a llegar a las semifinales sin haber dado ni un solo puñetazo!

—Bueno... —observó Mayisius interrumpiendo sus elucubraciones—, digamos que tú también has llegado hasta aquí sin despeinarte. A este paso, creo que te podrías haber ahorrado el entrenamiento en el Monte del Tormento. ¿Te lo imaginas? Con lo bien que hubieras estado calentito en tu cama todo este tiempo...

—¡No! —exclamó Raligg—. Ahora me toca luchar a mí y voy a demostrar todo lo que he aprendido este año. Ni me compares con Mortigg y con la injustísima suerte que le está acompañando.

—¡Y ESTAMOS FRENTE A UN HECHO SIN PRECEDENTEEEES —bramaba la voz amplificada del juez—. JUSTO DESPUÉS DE QUE HAYA ABANDONADO BURGLEHUTT DAMERON FRENTE A MORTIGG EL RUBIO, NOS ANUNCIAN QUE FRANTEAN EL SAMURÁI METÁLICO TAMBIÉN HA ABANDONADO FRENTE A RALIGG NAGGIGG!

—Ejem —carraspeó Mayisius—, ¿decías algo, muchacho?

—Pero ¿qué está pasando aquí? —cuestionó Mantonegro—. Sin duda este Gran Torneo pasará a la historia como el que sumó mayor número de abandonos.

—Eh... —acertó a balbucear Raligg.

—¡Esperad! —les interrumpió Mayisius—. Mi sexto sentido me está hablando otra vez. Dice que antes... mis ojos vieron a Frantean el Samurái Metálico comiendo cochinillo en uno de los puestos ambulantes. De eso hace apenas unos minutos.

—¿Y? —preguntaron al unísono Raligg y Mantonegro.

—¡No interrumpáis a mi sexto sentido! A ver... qué me dice... Sí, claro... ¡Claro, lo entiendo! ¡Sí!

Raligg y Mantonegro se miraron con cara de circunstancias.

—Solo es una hipótesis —enunció al fin Mayisius—, pero ha sido formulada por mi sexto sentido, superior al resto de mis sentidos, mejor que la vista, el oído, el tacto, el gusto y la vista.

—Has dicho dos veces la vista —replicó Mantonegro.

—Eh..., no es verdad.

—Sí, lo has hecho. O sea, que en realidad solo has enumerado cinco sentidos.

—Eso no es importante ahora —le interrumpió Mayisius—, lo importante es que tengo seis sentidos, y es mi sexto sentido el que me ha indicado que es ciertamente ilógico que Frantean haya abandonado. Si os fijáis, en las primeras eliminatorias casi no logra vencer a un duende verde del pantano. Su apodo «el Samurái Metálico» puede parecer muy desafiante, pero en realidad es un zampabollos. Es tan aficionado a comer que apenas puede moverse, lo cual se agrava con todas esas armaduras negras que lleva encima; algunos incluso le llaman «el Samurái Pesado». Creo que es consciente de que sus oponentes en el Gran Torneo han resultado ser más fuertes de lo que creía, y eso le ha producido estrés. De todos es sabido que los aficionados a comer demasiado, comen más cuando están bajo presión. Por eso, amigos, nuestro Samurái Metálico era un Samurái Gordo comiendo cochinillo hace apenas unos minutos. ¿Quién se zampa un cochinillo cuando está a punto de combatir? Alguien que está estresado. ¿Y cuándo se estresa un luchador? Cuando sabe que no tiene ninguna posibilidad de vencer. Pero si uno está dispuesto a abandonar, ¿por qué está estresado? ¿Me he explicado con claridad?

Mantonegro fue el primero en intervenir, después de cruzar una mirada con Raligg:

—Sí, tiene sentido…, pero eso solo nos explica la razón por la que ha abandonado Frantean. ¿Qué me dices de Burglehutt Dameron?

Mayisius se carcajeó:

—Os falta practicar más con vuestro músculo más importante: el cerebro. Lo ilógico del abandono de Frantean todavía es más evidente que el abandono de Burglehutt. Lo cual, finalmente, redunda en el hecho de que algo huele a podrido en todo esto. Y, como veo que ponéis cara rara, os lo explicaré mejor.

Mayisius les habló de Burglehutt Dameron, un caballero de regia estirpe cuyo padre había sido un guerrero conocido en todo el mundo, al igual que su abuelo y el padre su abuelo. Burglehutt era un oponente peligroso, tal vez uno de los favoritos del Gran Torneo. No había ninguna lógica en su abandono.

Poco a poco, Raligg fue siendo consciente de cuánta razón tenía Mayisius. A pesar de aquella forma tan extravagante de exponerlo por su parte, debía admitir que la renuncia de Burglehutt Dameron no tenía ninguna lógica. Había viajado desde muy lejos, desde una tierra donde la guerra era cotidiana, donde los paisajes estaban desolados, los bosques calcinados y los peñascos sin vida. Estaba habituado a la batalla y a la victoria. En efecto, algo olía a podrido.

Además, Burglehutt Dameron tenía un aspecto imponente. Un torso fornido protegido por una cota de malla, un escudo negro de metal, una gruesa capa escarlata, un yelmo con forma de enorme calavera en la que relucían dos grandes colmillos y, finalmente, un espadón de casi dos metros de longitud. Su rostro estaba surcado de cicatrices. No, ni mucho menos iba a rendirse antes de luchar. ¿Entonces? ¿Qué es lo que estaba sucediendo?

—AMABLE PÚBLICOOO… LA ORGANIZACIÓN HA TOMADO UNA DECISIÓN DADAS LAS CIRCUNSTANCIAS ACTUALEEEESSS.

El juez de barba electrizada usó su megáfono de madera para explicar a la concurrencia que se había estimado oportuno, por unanimidad, que Raligg y Mortigg se enfrentaran. Al fin y al cabo, era algo que iba a suceder en las eliminatorias del día siguiente. La gente allí congregada no se quedaría sin combate aquella tarde.

A Raligg se le heló el semblante.

—Tranquilo, es un mero adelanto para que el público no se aburra —le animó Mayisius—, no tienes nada que temer. A luchar, muchacho. Acaba con ese presuntuoso de pelo rubio.

Raligg continuó con las facciones congeladas. No estaba preparado para asumir tan rápidamente que, al fin, había llegado el momento de medir sus fuerzas con aquel gigante que había flirteado con Dafne.

Pero Mayisius tenía razón: era algo que antes o después iba a ocurrir. Y tampoco andaba muy equivocado en otra cosa que más tarde iban a descubrir: en efecto, algo olía a podrido en todo aquello.

II
La gran batalla

7

El secreto de Mortigg el Rubio

La contienda entre Raligg y Mortigg suscitó mucho interés entre el público asistente, que lanzaba serpentinas de colores sobre la arena y aullaba por la excitación. Iban a presenciar el combate entre dos gigantes que, realmente, todavía no se habían estrenado en el Gran Torneo. Por esos azares del destino, aquellos dos jóvenes habían logrado llegar hasta allí empujados por la fortuna. Justo en ese momento iba a desvelarse quién de los dos la tenía de su lado y quién merecía superar las primeras eliminatorias.

La expectación generada por aquel combate, aparte de la emoción por ser el último de la tarde, era tal que incluso los alrededores de la Arena se habían llenado de curiosos.

Mayisius también estaba en ascuas, pero por motivos muy diferentes. Dejándose llevar por su intuición, se dirigió hacia el enorme muñeco de paja que presidía un extremo de la Arena, escaló hasta la altura de los hombros y, una vez allí, colocó sus manos a modo de prismáticos, cerrándolas en sendos puños que dejaban un diminuto hueco suficiente para que los ojos pudieran ver a través de él. Tras lanzar el correspondiente hechizo, Mayisius tuvo la posibilidad de apreciar muy de cerca a los combatientes. Tan tan cerca que, incluso, distinguía perfectamente la pupila de cada uno de ellos.

—¡QUE EMPIECEEE LA LUCHAAAA!

Tanto Raligg como Mortigg el Rubio eran presa de los nervios y, nada más empezar, se lanzaron el uno contra el otro a toda velocidad. Mayisius, con su visión ampliada, se dio cuenta de que algo ocurría. Entendía la inquietud de Raligg, pues era su primer combate en serio, pero no acababa de entender la agitación de Mortigg, que no era ningún novato.

La batalla fue encarnizada. Ambos empezaron a lanzarse puñetazos y a esquivar los del contrario de un modo un tanto torpe. Con todo, Raligg parecía más hábil y también más fuerte, le bastaron un par de empujones con el hombro para hacer retroceder a Mortigg, que tenía el rostro descompuesto por el miedo. Todo era muy extraño.

Y más raro resultó todo cuando Mayisius, desde su privilegiada atalaya, logró atisbar que Raligg por unos instantes se quedaba quieto, con los ojos en blanco. En ese momento Mortigg aprovechó la oportunidad para asestarle dos certeros rodillazos en los riñones. A continuación, extrajo del bolsillo de su pantalón un pequeño frasco traslúcido. Mayisius enfocó mejor su vista aumentada. Y, entonces, lo entendió todo. Dedujo el contenido del frasco y también localizó un pequeño objeto que se había caído al suelo tras el primer forcejeo. Tenía el tamaño de una mano y ahora permanecía a los pies del rubio contrincante. Lo conocía muy bien, no había sido fabricado por Mortigg, sino por su maestro Sorcerus.

Mayisius se incorporó de un salto sobre los hombros del gigante de paja. Deshizo su conjuro de vista aumentada y pronunció unas palabras mágicas, proyectando las palmas de sus manos hacia Mortigg. De ellas brotaron sendos remolinos de viento que lo interceptaron y lo elevaron cinco metros por el aire. En función de cómo movía las manos Mayisius, el cuerpo de Mortigg se desplazaba por el aire como si fuera una cometa arrastrada por un tornado. Finalmente, Mayisius descendió bruscamente las manos y el cuerpo de Mortigg se estrelló contra el suelo, originando un pequeño terremoto que dejó un cráter a su alrededor. Se levantó una nube de polvo y tierra que envolvió al público.

Tanto Raligg, como los asistentes y el jurado permanecieron unos segundos anonadados.

La reacción del juez no se hizo esperar:

—¡RALIGG DESCALIFICADOOOO!

El público prorrumpió en gritos y abucheos hacia Mayisius.

Raligg, a su vez, elevó la vista hacia los hombros del gigante de paja, con los ojos encendidos de rabia e incomprensión. ¿Por qué había intervenido Mayisius? ¿No le creía capaz de ganar por sí mismo? ¿Pretendía dejarle en ridículo frente a todos?

Pero entonces sucedieron varios acontecimientos extraordinarios que hicieron que tanto el juez como el público reconsideraran su reacción.

Cuando se hubo disipado la nube de polvo que emboscaba el cuerpo tendido en la arena, todos se sorprendieron al comprobar que Mortigg ya no era Mortigg, sino un trasgo de aspecto horripilante. Estaba privado de nariz y tenía un pelo crespo que le crecía de las cejas. Sus ojitos inquietos eran verdes y se movían sin cesar. A pesar de estar herido, sonreía enseñando una hilera de dientes puntiagudos.

En un abrir y cerrar de ojos, el trasgo se arrastró por el suelo hasta alcanzar el raro artefacto con forma de araña que se le había caído del bolsillo. Lo alzó y, apuntando con él a Raligg, pronunció unas palabras imposibles en un idioma arcaico; de pronto, el cuerpo de Raligg empezó a volverse transparente. Antes de que el conjuro surtiera efecto, Mayisius lanzó un rayo que brotó de su dedo índice y el artefacto con forma de araña se hizo añicos. De otro de sus dedos salió un nuevo rayo que convirtió al trasgo en una estatua de piedra. Descendió del gigante de paja y Mantonegro corrió a su lado. Ambos se dirigieron raudos hacia Raligg y la estatua de piedra en la que se había convertido el trasgo.

—¿QUEEÉ ESTÁ PASANDOOO? —vociferó el juez.

—Haga el favor de no gritar, el combate ha terminado —zanjó Mayisius lanzándole una mirada de odio al juez.

—Mayisius... —balbuceó Raligg sin entender nada de lo que ocurría.

—Muchacho, ahora todo encaja. Mortigg el Rubio es un enviado de Sorcerus. ¿Que cómo lo sé? Porque ese artefacto solo puede construirlo él. El contenido del frasco era un veneno para debilitarte. Obviamente no estaba en sus planes enfrentarse justo ahora contra ti. Lo que no sé es si Mortigg existió en verdad y fue suplantado en un momento dado, o es desde el principio obra de Sorcerus...

—¿Y para qué sirve esto? —preguntó Mantonegro recogiendo uno de los pedazos calcinados del artefacto.

—Has podido verlo cuando lo ha dirigido hacia Raligg —explicó Mayisius—. Sirve para teletransportar a alguien a otro lugar. Mucho me temo que Mortigg, o este trasgo maligno que se hace pasar por él, ha estado usándolo contra todos sus oponentes. Quién sabe a cuantos participantes del Gran Torneo habrá teletransportado, y quién sabe adónde...

Y como para responder a esa última cuestión de Mayisius, el firmamento se oscureció súbitamente, como si fuera a desencadenarse una poderosa tormenta sobre el valle. Algunas nubes negras se mezclaron entre sí, tornándose de color verde, y en el cielo se formó una imagen espectral de una cara muy conocida por todos. Era visible en todo el valle y permanecía suspendida vaporosamente a cientos de metros de altura.

La gente empezó a lanzar alaridos y a correr despavorida de un lado a otro en busca de un lugar para guarecerse, ya fuera su casa, bajo alguna empalizada o sencillamente lo más lejos de allí que les permitieran sus piernas.

—Ahí tenemos la respuesta —informó Mayisius sin perder la compostura.

La imagen espectral de aquel rostro gigantesco correspondía a la Señora de los Mil Inviernos. La bruja a la que todos se habían enfrentado hacía un año. No estaba muerta. O, al menos, no lo parecía.

—HAS REACCIONADO TARDE, MAYISIUS —atronó su voz, retumbando por todos los rincones del valle. El grito fue tan estentóreo que hasta el juez provisto de megáfono lo dejó sobre la mesa, considerándolo ya inútil en comparación con aquel juego de luces y sonido.

—Para la próxima edición del Gran Torneo tenemos que conseguir algo así —bisbiseó al resto del tribunal, que, sin embargo, no atendió ya a sus palabras.

Todo el mundo estaba aterrado. ¿Cómo era posible que la bruja hubiera sobrevivido? Mayisius, no obstante, no tuvo reparos en burlarse de ella. Con dos pases de manos y unas palabras mágicas, la imagen espectral del mago tomó forma en otro conjunto de nubes junto al rostro de la Señora de los Mil Inviernos.

—NO TAN TARDE COMO CREES —resonó entonces su voz por todo el valle, como si un millar de rocas se hubieran confabulado para derramarse por las laderas y, con su estrépito, trataran de formar sílabas y palabras.

—JA-JA-JA —se carcajeó la bruja, y aquel sonido hizo que a todos se les erizara el vello.

—SÉ QUE HAS CAPTURADO A MUCHOS DE ESTOS GUERREROS, Y SÉ DÓNDE ESTÁS —replicó Mayisius—. HAS SIDO POCO CUIDADOSA AL USAR TU HECHIZO DE APARICIÓN ESPECTRAL, DEBERÍAS HABER CAMBIADO DE ESCENARIO. RECONOZCO LAS MONTAÑAS QUE SE VEN DESDE LA VENTANA DEL TEMPLO DE URKISH-TUN, UNO DE LOS LUGARES FAVORITOS DE MI MAESTRO SORCERUS. POR CIERTO, SORCERUS, APROVECHO PARA SALUDARTE, QUE SEGURO QUE ESTÁS JUNTO A ELLA AHORA MISMO.

El inmenso rostro nebuloso de la bruja se volteó y miró a sus espaldas. En efecto, estaba situada justo delante de un ventanal, al fondo se divisaba una cordillera. Aquel era uno de los efectos colaterales de usar el hechizo de la aparición espectral: mostraba el rostro de la persona, pero también una parte del fondo, aunque fuera de un modo mucho más difuminado.

—¡MALDICIÓN! —gruñó la bruja, tras voltearse de nuevo con los dientes apretados.

Entonces concurrió una tercera aparición espectral del mismo tamaño junto a la bruja. Era el rostro evanescente de Sorcerus.

—NO PODRÁS HACER NADA, MAYISIUS —aseguró—. HEMOS CAPTURADO A MÁS HÉROES DE LOS QUE IMAGINAS Y ESTAMOS USANDO SU VITALIDAD PARA CREAR EL ELIXIR DEFINITIVO PARA LA GRAN INVOCACIÓN. PRONTO SABRÁS A QUÉ CRIATURA OS ENFRENTARÉIS.

Los rostros de la bruja y Sorcerus se esfumaron. A continuación desapareció también el rostro espectral de Mayisius. En pocos segundos, las nubes se dispersaron y los rayos del sol poniente bañaron de nuevo el Valle de Nigg.

8

Los colectores de elixir

En el desvencijado templo de Urkish-Tun, dos seres se gritaban acaloradamente. Una de las brujas más temibles de la historia y uno de los magos más poderosos que el mundo hubiera conocido se lanzaban mutuos reproches. Ambos habían trabado una alianza indestructible, pero un simple error había puesto al descubierto sus cartas.

—Ya saben dónde estamos —gruñó la Señora de los Mil Inviernos—, si son listos, vendrán hacia aquí para interrumpir la invocación.

—Lo saben —concedió el mago—, y es posible que no tarden en llegar hasta aquí, pero los colectores de elixir están casi al máximo. Por mucha prisa que se den, Gran Bestia despertará antes de que vengan.

—Espero que estés en lo cierto, Sorcerus, o juro que también acabaré con tu vida.

Furibunda, la Señora de los Mil Inviernos regresó a la sala de los hechizos e invocaciones con los ojos inyectados en odio. Se dirigía a paso ligero hacia el trasgo que había sido transformado en el gigante Mortigg el Rubio. Todavía se hallaba desorientado por el ataque de Mayisius, que le había transformado en estatua de piedra, la repentina teletransportación al templo y su posterior desencantamiento, pero al distinguir la figura de la bruja se echó a temblar de miedo:

—Señora, por favor, no ha sido culpa mía...

Pero la bruja hizo caso omiso de las disculpas del trasgo y, con un violento conjuro, hizo estallar su cuerpecillo tembloroso en un millón de partículas luminiscentes. Estaba tan enfurecida que continuó lanzando hechizos, y varios rayos se perdieron hacia el oeste, saliendo por las ventanas del templo en dirección a la luna llena.

Entonces se dirigió a los colectores de elixir y los examinó con siniestra mirada. En efecto, estaban casi repletos. De haber capturado más guerreros, habrían terminado de llenarse esa misma noche, pero a aquella velocidad aún tardarían un poco más.

—Podemos proseguir con el rito de invocación —intervino Sorcerus tratando de calmar los ánimos de la bruja—, habrá suficiente elixir antes de que el sol de mañana llegue al punto más alto del cielo. Ni los caballos más rápidos lograrían llegar hasta aquí en tan poco tiempo desde el Valle de Nigg.

La Señora de los Mil Inviernos apretó los labios conteniendo la ira mientras acariciaba la superficie de cristal de aquellos depósitos, unos largos tubos transparentes en los que relucía un líquido carmesí. Estaban conectados con las celdas de los guerreros. Decenas de habitáculos metálicos en forma de huevo que colgaban de los altos techos de la sala. En cada una de esas celdas permanecía inconsciente alguno de los poderosos guerreros que Mortigg el Rubio había teletransportado hasta allí mediante el artefacto construido por Sorcerus. Lentamente, los colectores absorbían energía y vitalidad que servirían para alimentar el despertar de la más temible criatura de todos los tiempos.

«Sí», pensó la Señora de los Mil Inviernos, «Sorcerus tenía razón: ni el caballo más rápido del mundo podría ser capaz de llegar a tiempo para interrumpir su gran venganza».

9

Violet Mims y el espejo

—Gran Bestia —fue lo que dijo Mayisius en la reunión extraordinaria que se celebraba ante el Consejo de Ancianos del Valle de Nigg.

Algunos asistentes al Gran Torneo habían huido despavoridos a sus respectivos hogares. Otros se habían quedado para escuchar las explicaciones que podría ofrecer Mayisius. Afortunadamente, la mayoría de los guerreros que se habían inscrito en la competición permanecían allí, porque sin duda iban a necesitar de toda la ayuda posible para enfrentarse a la amenaza que estaba a punto de cernirse sobre ellos.

—¿Y esa criatura puede combatirse? —preguntó uno de los ancianos.

—Puede combatirse —respondió Mayisius para matizar a continuación—, pero resulta imposible vencerla.

Todo el auditorio de aquella reunión extraordinaria se removió inquieto en el centro de la Arena del Gran

Torneo. Decenas de comentarios se elevaron entre la muchedumbre.

—¿Puedo formular una pregunta? —intervino un segundo anciano acariciándose su espesa barba blanca.

—Puedes hacerla —concedió Mayisius—, pero no te garantizo que sepa responderla.

—Si Gran Bestia no puede ser vencida, ¿cómo fue vencida la primera vez?

—Nadie ha dicho que fuera vencida, sino que ha permanecido dormida.

—Sí, pero... —insistió el segundo anciano—, no es la primera vez que se celebra el Gran Torneo Legendario Gigante, ¿por qué no despertó antes?

—Gran Torneo Gigante Épico —le corrigió el tercer anciano.

—Falta lo de «Legendario» —matizó el primer anciano.

—¿Delante o detrás? —preguntó el segundo anciano.

Mayisius carraspeó.

—Creo que estamos perdiendo un tiempo muy valioso. Lo resumiré: la bruja es una malnacida, mi maestro Sorcerus siempre ha tenido ansias de poder, y de Gran Bestia solo hay leyendas, ni siquiera es seguro que exista semejante criatura. Pero si existe y ellos la despiertan, será la última vez en nuestras vidas que discutamos cómo diantres se denomina de verdad el condenado Gran Torneo.

Los tres ancianos se miraron alternativamente y asintieron, considerando muy juiciosas aquellas palabras.

—Entonces, ¿qué propones, mago?

—Unirnos —respondió Mayisius, esta vez dirigiéndose a todo el auditorio—. Todos nosotros. Disponemos de la ventaja privilegiada de que justo aquí, ahora mismo, se encuentran los mejores luchadores de todo el mundo. Tal vez solo tengamos esta noche de margen, pero si nos lanzamos todos juntos al ataque, puede que haya alguna esperanza de sabotear los planes de Sorcerus y la Señora de los Mil Inviernos.

Los asistentes elevaron de nuevo sus comentarios. Algunos aducían que aquello era imposible, que no eran lo suficientemente poderosos. Otros aseguraban que sí estaban dispuestos para el ataque, porque eran muchos y estaban perfectamente entrenados para la batalla. Otro argumentó que prefería quedarse en la feria y comer todas las manzanas caramelizadas que pudiera antes del Apocalipsis.

El comentario más oportuno, sin embargo, vino de Mantonegro, que se aproximó a Mayisius:

—Y ¿cómo vamos a llegar hasta allí? Debemos de estar a una semana de viaje de ese maldito templo, contando con que no paremos ni siquiera para dormir.

Mayisius sonrió.

—Yo sé hacer algo que Sorcerus no sabe que yo sé hacer.

Sorcerus había sido su maestro, pero durante un breve lapso de tiempo Mayisius había escapado de la escuela de magia, lanzándose a la aventura. Según sus propias palabras, la vida no solo eran libros, estudio y prácticas taumatúrgicas. También había que experimentar en primera persona, ir a buscar vivencias y aprender lecciones de todo ello. Esa clase de lecciones que no están en ningún libro ni nadie te puede enseñar. Esa clase de lecciones que, a veces, te ofrece el amor. Y es que Mayisius, mucho tiempo antes de perder un poco el juicio debido a los libros de magia y los hechizos poco reglamentarios, había estado enamorado.

La chica se llamaba Violet Mims y tenía el pelo gris como la ceniza, aunque su edad no era en absoluto avanzada. Era una joven vivaracha, a veces un tanto alocada, pero muy inteligente, culta y, sobre todo, divertida. Además, se sabía los chistes más graciosos del mundo, y Mayisius no podía parar de reírse cada vez que los escuchaba.

—Es muy raro que te guste estar conmigo —le dijo en una ocasión a Mayisius.

—¿Por qué?

—Porque todos dicen que estoy un poco loca.

—Pues supongo que soy un tipo raro —concedió Mayisius—, y también estoy un poco loco.

—Un raro y un loco encantador —subrayó ella.

Pero Violet no podía abstraerse del hecho incuestionable de que él debería regresar tarde o temprano a la escuela de magia, lugar al que las chicas no tenían acceso. Como no quería perderle, a escondidas de Mayisius, hurgó en sus libros de magia hasta encontrar referencias a un objeto mágico que prometía los viajes por el tiempo y el espacio.

Violet era una chica poderosa y había heredado tierras en el norte, de modo que invirtió todos sus recursos en contratar a los mejores buscadores de tesoros. Tal vez ni siquiera existiera semejante objeto mágico, pero si era real, si el objeto existía, estaba dispuesta a emplear el resto de sus días en encontrarlo.

Y resultó que existía. El objeto era un cristal pequeño insertado en un recuadro dorado de metal. En realidad, era como un espejito del tamaño de una uña, pero no siempre reflejaba la realidad: en ocasiones no reflejaba nada y, en otras, reflejaba luces iridiscentes. Se trataba, seguramente, del pedazo de espejo más raro del mundo.

Mayisius no descubrió ninguno de los planes de Violet hasta que se materializaron frente a él. Una mañana de primavera, se dirigía hacia la casa de su enamorada; quiso darle una sorpresa, y abrió la puerta con un pequeño conjuro que había aprendido para sabotear cerrojos. En las manos llevaba un libro de viejas tapas y páginas doradas. Era un antiguo libro de historias para niños que le recordaba a Violet.

Pero al asomarse a su dormitorio, no la vio. Lo único diferente que encontró fue aquel espejo, tirado en mitad del suelo.

—¿Violet?

Y ya nada fue como antes. Aquel espejo permitía a quien lo usara acceder a otro lugar o viajar a otro tiempo. Violet decidió probarlo antes de dar la buena noticia a Mayisius. Tras depositarlo en el suelo, se imaginó un lugar y un tiempo. De pronto, se abrió un portal y ella, entusiasmada, lo cruzó. Había funcionado, ¡jamás perdería a Mayisius! Podría ir a verle cada día, en cualquier momento y en cualquier lugar, o aparecer fugazmente en su dormitorio o en su clase para darle un beso, o sorprenderle en sus paseos por el jardín… Desafortunadamente, llevada por la emoción, olvidó recoger el espejo del suelo. El portal se cerró nada más traspasarlo y ya no pudo regresar. Así fue como Violet se quedó atrapada en otro lugar y otro tiempo.

Mayisius indagó sobre la naturaleza de aquel espejo y no tardó en deducir que Violet lo había probado sin tomar las mínimas medidas de seguridad. ¿Dónde estaría ahora? ¿Qué lugar y qué momento habría imaginado para trasladarse? Guardó celosamente aquel espejo y, durante muchos años, viajó en el espacio-tiempo para encontrarla. Nunca lo consiguió y ella jamás regresó.

Quizá hasta las inflexibles reglas espaciotemporales terminaron por actuar y hacer desaparecer a Violet de la existencia. Tal vez se había dirigido a un pasado remoto o a un futuro que todavía no había tenido lugar.

Transtornado por lo sucedido, Mayisius se dijo que nunca más usaría la magia de aquel objeto. Se limitó a hacer con él un colgante para llevarlo al cuello. Aunque estaba decidido a no utilizarlo nunca más, tampoco quería desprenderse de él definitivamente, como si de esa manera quedara todavía una mínima posibilidad, por muy pequeña que fuera, de reencontrarse algún día con su Violet.

10

El viaje sin viaje al templo de Urkish-Tun

Aunque Mayisius había mantenido todo aquel tiempo su propósito de no volver a usar el espejo mágico, la necesidad se impuso y no tuvo otra opción que recurrir a él; sin embargo, la razón de reactivar aquel extraño objeto encantado no sería encontrar a su antiguo amor, sino vencer a su maestro.

—Entonces... —intentó puntualizar el anciano—, ¿podrías abrir un portal que nos condujera hasta el mismísimo templo?

—Exacto —respondió Mayisius mostrando a los allí reunidos el espejito mágico que llevaba de colgante.

—¿Llegaríamos todos allí al instante?

—En décimas de segundo. Con esto podemos llegar donde queramos y cuando queramos.

—Uhm... —musitó el segundo anciano—, ¿entonces podríamos adelantarnos? Quiero decir... ¿llegaríamos antes de que sucediera todo esto? Por ejemplo, podríamos llegar ayer al templo y sorprender a esa maldita bruja y a su maestro.

Mayisius no quería hacer pública toda su dolorosa historia con Violet, así que sencillamente contó parte de la verdad, exageró algunos detalles y añadió alguna mentirijilla.

—Las reglas del espacio y el tiempo son inflexibles. Viajar en el espacio es peligroso, porque podríamos aparecer, por ejemplo, al borde de un precipicio o en la ladera de un volcán en erupción. O quizá en las fauces abiertas de un dragón. Pero viajar en el tiempo todavía es mucho más arriesgado. Imaginad que os encontráis con vuestro yo del pasado... ¿Cómo podría eso alterar la delicada cadena de acontecimientos del presente? Conozco personas que, tras viajar en el tiempo, dejaron de existir. Viajar en el tiempo es como tratar de remendar una camisa con una espada. Si queréis destruir el delicado tejido del espacio-tiempo y, con ello, condenar a todas las almas a una existencia atroz, por mí encantado.

Los ancianos se miraron alternativamente y, al final, negaron con la cabeza.

—¿Entonces qué propones? —preguntó uno de ellos.

—Usar el espejo y aparecer allí ahora. Sin cambiar ni un segundo el tiempo.

—¿Puedes hacerlo?

—Sí, y entonces apareceremos allí en este preciso instante. Justo ahora, ni un segundo antes ni un segundo después.

Los ancianos plegaron los labios, complacidos.

—Sea, pues.

Raligg estaba de veras desconcertado. Había reunido el valor suficiente como para inscribirse en el Gran Torneo, había invertido casi todo un año de su vida en entrenarse en la Montaña del Tormento y, finalmente, solo había lanzado un par de puñetazos a un gigante presuntuoso que ni siquiera era un gigante, sino un trasgo cobarde que estaba secuestrando guerreros para su bruja. En verdad, ni siquiera había sido él quien había vencido al trasgo, sino la magia de Mayisius.

Tanto esfuerzo, tanto sacrificio, tantos celos que había albergado hacia Mortigg el Rubio y su posible relación con Dafne, ahora se esfumaban, como si con aquel espejo con el que se podía doblegar el espacio y el tiempo hubiera atravesado un portal, yéndose muy lejos de allí. Entonces, todo cobró un poco más de sentido. Si todas aquellas sensaciones se habían marchado lejos, era el momento de ir a perseguirlas. Y la manera más eficaz de hacerlo era atravesando el portal que Mayisius estaba creando con el espejo.

Si lo traspasaba y participaba en la batalla, tendría la posibilidad de demostrar a todos —y a sí mismo— que era tan valiente y aguerrido como su padre. Los sacrificios a los que se había sometido en la Montaña del Tormento cobrarían sentido si conseguía dar su merecido al trasgo y, de paso, por segunda vez, a la Señora de los Mil Inviernos. Además, Dafne ya había declarado que estaba decidida a cruzarlo, y tal vez él tendría la oportunidad de encontrar significado a aquel «aún» que ella pronunció cuando dijo: «entre tú y yo aún no hay nada».

Al otro lado de ese portal espaciotemporal iban a despejarse muchas de sus incógnitas. Pero Raligg no estaría solo, aparte de Dafne, le acompañarían Mantonegro y, por supuesto, Mayisius. Incluso Sorsha, la chica del trabuco, había hecho de tripas corazón y, superando la vergüenza de la confesión pública de su amor por Raligg, se había unido al nutrido grupo. También estaba Hedra, la valkiria, y muchos otros combatientes del Gran Torneo. Sin contar con cientos de asistentes, así como con numerosos habitantes del valle, como las ninfas que poblaban las cavernas, los centauros que iban y venían con sus carromatos de comerciantes y los grifos habitantes de las cumbres que circundaban el valle.

Hacía mucho tiempo que no se formaba un ejército tan numeroso, y además integrado por algunos de los mejores guerreros y magos del mundo. Si la amenaza de Gran Bestia era tal y como la había descrito Mayisius, entonces cualquier sacrificio era poco para evitar el fin del mundo.

Cuando cayó la noche sobre el valle y aparecieron en el cielo las primeras estrellas titilantes, el ejército ya estaba perfectamente formado y organizado sobre la Arena y los alrededores. Mayisius abriría el portal junto al gigante de paja que presidía la Arena. Mientras, permanecía a sus pies, contemplando con gran sorpresa aquel contingente de guerreros tan variopintos.

—¡Guau! —exclamó—. ¿Ya se ha acabado el torneo y no me he enterado? ¿Qué hacéis todos así? ¿Algún tipo de baile en grupo?

Todos se miraron extrañados, en especial los ancianos, que no dejaban de emitir gemidos de preocupación. ¿Realmente podían confiar en aquel mago despistado, olvidadizo y un poco chiflado? ¿Acaso podría haberse inventado toda la historia? ¿Y si el portal espaciotemporal no existía? ¿Y si Gran Bestia solo era fruto de su imaginación?

Raligg se aproximó a Mayisius y le recordó lo que todos estaban esperando allí.

—¡Ah, sí! —exclamó Mayisius—. Ahora caigo...

Y Mayisius recordó a Violet y cómo había sido engullida por el espacio-tiempo. Recordó cuánto llegó él a odiar aquel espejo que ahora colgaba siempre de su cuello y lo peligroso que era volver a activarlo. Recordó lo solo que se había sentido desde la desaparición de Violet...

Sorcerus y la Señora de los Mil Inviernos también acudieron a su mente y se indignó por la estupidez e irresponsabilidad que suponía invocar a Gran Bestia. Si el monstruo despertaba, nada de lo que había vivido, sufrido y ansiado tendría ya sentido.

Mayisius se arrancó el colgante del cuello de un tirón seco. Contempló el espejito y su reflejo diminuto. Lo puso en su mano derecha y cerró el puño al tiempo que pronunciaba unas palabras secretas. Para que el portal se abriera, debía proyectar con su imaginación el tiempo y el lugar al que quería llegar. Se concentró en el emplazamiento del templo donde Sorcerus y la bruja estaban llevando a cabo la invocación. Más bien, imaginó las arenas negras de la playa que quedaba a unos kilómetros del templo: si pretendían llevar a cabo un ataque sorpresa, era mucho más inteligente no alertarlos con su llegada. También pensó en el tiempo al que querían viajar: justo al instante actual, ni un minuto antes, ni un minuto más tarde. Apretó más fuerte el puño y, como si quisiera hacerlo añicos, lanzó el espejo contra el suelo.

No pasó nada. Ni un chisporroteo. Ni un zumbido. Nada de nada. Lo único que había sucedido es que el colgante ya no estaba.

—Uhm… —musitó uno de los ancianos—, ¿vamos pensando en el plan B?

Sin embargo, Mayisius no parecía preocupado. Avanzó unos pasos hacia el lugar donde había lanzado el colgante y se detuvo justo ahí. Alargo una mano y… sus dedos índice y corazón desaparecieron. Retiró la mano y los dedos reaparecieron. Volvió a alargar la mano y, esta vez, desapareció totalmente, engullida por la realidad de otro lugar a gran distancia de allí.

—¡Listo! —exclamó Mayisius, dirigiéndose a los integrantes del ejército que aguardaba a sus espaldas—. Tenemos poco tiempo antes de que el portal se cierre, así que ¡en marcha!

11

El templo no está (o sí)

Ninguna flor crecía en aquella playa de arenas negras. Ningún pájaro cantaba. La soledad y la desolación reinaban en ese ambiente de densa humedad y mares oscuros y legamosos. Más que una playa, parecía un pantano. Más que un pantano, parecía un cementerio.

El sol raramente era capaz de llegar hasta aquellas tierras y el cielo había adquirido una ominosa tonalidad negruzca al caer la noche. Extraños vientos soplaban desde el mar, levantando grandes remolinos de arena. Por algunas grietas brotaban pequeñas llamas, como si en las entrañas de aquella playa discurriera la lava de un volcán. En aquel paisaje tan inquietante, si uno prestaba más atención, podía descubrir huesos humanos diseminados por todas partes, medio enterrados en el limo.

Y entonces, la bota de un guerrero apareció de la nada y se posó lentamente en la superficie negra de la playa. Luego le siguió el resto de la pierna, el cuerpo y, por fin, la cabeza. Casi a la vez, un poco más a la derecha, emergió de la nada un bárbaro de grandes bigotes y hacha en ristre. Luego unas arqueras que eran hermanas gemelas y siempre luchaban juntas. Y, sucesivamente, toda una horda compuesta por los mejores combatientes del Gran Torneo.

No tardó también en emerger Mayisius que, después de mirar a su derecha y a su izquierda, se rascó la cabeza y dijo:

—Creo que me he equivocado.

—¿Ha ido todo bien? —preguntó Raligg, emergiendo en aquel paisaje desolado justo detrás de él.

—Me temo que por exceso de prudencia, imaginé un lugar que no quedara demasiado cerca del templo.

—¿Y?

—Que he imaginado un lugar que queda demasiado… lejos. De hecho, queda muy lejos.

—¿Cómo?

—El templo. El templo debería estar allí delante, en el horizonte, justo recortándose frente a esas colinas oscuras. Pero allí no hay nada.

Mayisius volteó sobre sí mismo, avanzó de derecha a izquierda, luego de izquierda a derecha, volvió a girar sobre sí mismo y volvió a rascarse una vez más la cabeza. Todo el enorme ejército de salvación del mundo ya había emergido en aquel lugar, pero, tal y como afirmaba Mayisius, estaban en ninguna parte.

—¡Maldición! —vociferó la Señora de los Mil Inviernos—. ¡Maldición, maldición y mil veces maldición!

Sorcerus dejó de concentrarse en la invocación, perturbado por los gritos de la bruja.

—¿Qué ocurre?

—Míralo por ti mismo, maldito mago.

Sorcerus se asomó a uno de los ventanales del templo orientado hacia las playas. A lo lejos brillaban algunas antorchas y estandartes. Era un ejército que había aparecido de la nada.

—No puede ser... —dijo Sorcerus entre dientes—. Mayisius no tiene tanto poder como para hacer eso.

—Pues lo ha hecho, genio, ¡lo ha hecho! Están justo aquí delante, ¿me puedes decir cómo vamos a detenerlos ahora?

Sorcerus apretó sus puños hasta que los nudillos se le pusieron blancos.

—Tiene que haberle ayudado alguien... o algo —continuó especulando.

—¿Quieres dejar de pensar en eso? Tenemos problemas más importantes de los que ocuparnos ahora mismo. ¡Maldición!

Sorcerus se volvió hacia la bruja con los ojos encendidos de irritación. Estaba empezando a cansarse de sus caprichos y rabietas. Tantos años reencarnándose no habían contribuido ni un ápice a la hora de enseñarle modales, o al menos controlar un poco mejor sus berrinches.

—No soy tan estúpido. No pueden vernos. Lancé un poderoso y duradero hechizo de ocultación total. Hasta que salga el sol, el templo será completamente invisible.

La Señora de los Mil Inviernos se echó a reír quedamente, para después ir subiendo poco a poco el volumen de su risa, más parecida a los graznidos de un pájaro enloquecido que a carcajadas de mujer. Sorcerus rezó para que aquel escándalo no llegara a los oídos de Mayisius.

Si el Valle de Nigg era un lugar fértil y de un verde lujurioso, aquella playa era una tierra estéril donde solo podía prosperar la desdicha. Las antorchas incluso brillaban allí con menos esplendor, como si no fueran capaces de combatir las sombras. Los estandartes se mecían como sábanas que cubrieran a un fantasma.

Todos los integrantes de aquel ejército habían llegado dispuestos a batallar, con la adrenalina corriendo por sus venas, pero poco a poco el entusiasmo se fue apagando. Nadie sabía dónde estaban, allí no había ningún enemigo que combatir. Y el fin del mundo cada vez estaba más cerca.

Algunos guerreros, de hecho, habían empezado a sentarse en la arena, sobre todo los que portaban armas muy pesadas como ballestas y espadones largos. Quienes transportaban el enorme ariete para abatir las puertas del templo también lo dejaron a un lado, pues ahora aquella máquina de guerra se revelaba completamente inútil.

—Mago loco —le espetó Mantonegro a Mayisius—, ¿puede saberse adónde nos has traído? O mejor, ¿a qué época nos has trasladado?, porque este lugar parece el principio de los tiempos, o quizá el final.

Pero Mayisius continuaba rascándose la cabeza, yendo de un lado para el otro, como si tratara de recordar algo.

—Sí, sí —iba diciendo para sus adentros—, esto encaja, y esto también. Uhmm. Uhmm.

—¿Qué hacemos? —le interpeló entonces Raligg.

Justo entonces, Mayisius estaba formando un recuadro con los dedos de ambas manos, y miraba a través de él, enfocando el horizonte.

—¡Ataque sorpresa! —exclamó al fin.

—¿Cómo?

—¿Todavía confías en mí, muchacho?

—Yo… sí —vaciló un segundo—, pero me temo que nuestro ejército empieza a creer que ha sido una malísima idea hacerte caso.

—Pues vais a tener que demostrar vuestra fe en mí dando un último paso. Un paso de verdad —declaró, recogiendo su colgante del suelo, semienterrado en las arenas negras—. Debes decirles a todos que estamos a pocas horas del templo. Tenemos que galopar hacia el oeste a toda velocidad, antes de que despunte el alba. ¿Lo harás por mí?

—Sí-í —vaciló Raligg—, pero ¿es eso cierto?

—¿Qué importa, muchacho? A veces las mentiras son la mejor forma de llegar a la verdad.

—¿Entonces no estamos a pocas horas del templo?

—No.

—¿Y les vas a mentir a todos?

—Sí.

—¿Para qué?

—El límite de preguntas para hoy ha sido alcanzado, muchacho. Mañana podrás hacerme otra tanda. Y ahora, haz lo que te he dicho, ¡rápido!

Raligg se quedó estupefacto al comprobar cómo Mayisius empezaba a correr hacia el oeste. Avanzaba torpemente, tropezándose a cada poco, porque los magos no son muy competentes físicamente hablando, y las arenas de aquella playa negra eran ciertamente muy traicioneras. Él se subió a un pequeño promontorio y se dirigió al ejército, elevando la voz todo cuanto podía, para comunicar el mensaje del mago con las palabras mejores y más convincentes que encontró.

La mayoría frunció el entrecejo, otros enarcaron una ceja, otros tantos se frotaron el mentón, algunos pusieron los ojos en blanco y también hubo quienes convulsionaron en una especie de risa nerviosa. Pero si cabía la posibilidad de que aquel mago estuviera en lo cierto, debían intentarlo..., el futuro del mundo dependía de ello. De modo que, en cuanto los primeros guerreros empezaron a trotar hacia el oeste, el efecto llamada hizo el resto, y poco a poco todos se unieron a la columna.

El mago había asegurado que estaban a tan solo dos horas de camino. Debían darse prisa antes de que empezara a brillar el sol. Apretaron el paso todavía más, el tiempo apremiaba, todos obedecieron al mago que les había trasladado hasta allí mientras él sonreía a lo lejos y les hacía un leve gesto con las manos, como invitándoles a dirigirse hacia allí a toda velocidad.

Corrieron, galoparon y avanzaron lo más rápido que pudieron, algunos animándose con alaridos y palabras de entusiasmo, y, de repente, ¡zas! Las voces se congelaron en las gargantas, y algunos se protegieron el rostro con sus antebrazos ante aquel fogonazo de luz lechosa y cegadora.

12

Choque de ejércitos

Habían viajado en el tiempo. Todos ellos. Concretamente, seis horas y cincuenta y tres minutos antes del amanecer. Justo el tiempo que restaba para que los primeros rayos de sol nacieran en el horizonte y se proyectaran a lo largo de aquella playa.

Mayisius sabía que no podía haberse equivocado al escoger el emplazamiento para el ataque. El antiguo templo estaba allí, justo allí delante. El problema es que nadie podía verlo. Pero conociendo a Sorcerus como lo conocía, podía intuir que estaría protegido bajo su célebre escudo de invisibilidad. Un hechizo que resultaba ser muy efectivo durante la noche, pero que perdía su fuerza bajo la luz del sol. Era consciente de que su ejército tenía las de perder si se enfrentaba a un enemigo que no podía ver, de modo que, a pesar de todos los riesgos que suponía, decidió que era hora de volver a usar el poder del espejo que doblegaba el espacio y el tiempo.

En esta ocasión no iba a rasgar el tejido del espacio, porque no tenía intención de moverse de allí, sino solo el del tiempo. Sí, sabía que viajar en el tiempo entrañaba no pocos riesgos, y la desaparición de su querida Violet era buena prueba de ello. Pero mayor era el peligro de enfrentarse a Gran Bestia, de manera que había que apostar el todo por el todo.

Mayisius había abierto otro nuevo portal, esta vez hacia el futuro, justo al momento en el que salía el sol. Y todo su ejército, de pronto, se vio cegado por aquellos primeros rayos matutinos. La inercia de la carrera hizo que continuaran adelante y, entonces, se materializó el templo ante ellos.

—¡Allí!

—¡Está allí!

—¡El templo!

—¡Al ataque!

—¡Cargad los arietes!

—¡Las ballestas y las flechas!

—¡Todos a una!

—Por cierto, ¿os habéis dado cuenta de que se está haciendo de día de repente? —dijo alguien entre la multitud, pero fue un comentario tan tímido que pasó desapercibido entre el resto de las voces enardecidas, y apenas nadie pareció darse cuenta de ese pequeño detalle.

Corrigieron levemente el rumbo de la columna para dirigirse hasta aquel templo que ahora se vislumbraba en el horizonte, a escasos minutos al galope. No había camino hasta él, pues había sido abandonado hacía mucho tiempo, pero aun así resultaba sobrecogedora la forma en que se recortaba majestuosamente sobre el cielo. Era negro como las arenas sobre las que se levantaba, pero brillaba ligeramente, como si hubiera sido edificado en mármol. A ambos lados de la torre central, se levantaban dos estilizadas torres, rematadas por largos pináculos. Solo una de ellas parecía afectada por el paso del tiempo y también se veía algún que otro desperfecto en el resto de la construcción, pero en general todavía conservaba la magnificencia de su pasado más esplendoroso.

Dentro de pocos minutos, echarían abajo la puerta para interrumpir el rito de invocación de Gran Bestia. Entonces, acabaría aquella pesadilla y podrían regresar a sus tierras y celebrarlo durante tres noches y tres días seguidos con cenas y espectáculos.

Raligg debía reconocer que, a pesar de que en muchas ocasiones Mayisius parecía estar un poco loco, siempre obraba de forma inteligente y astuta. El mundo iba a ser salvado, a pesar de todo. Pero no iba a resultar tan fácil. Las imponentes puertas del templo temblaron al abrirse sobre sus enormes goznes, lanzando chirridos similares a los quejidos de un pájaro horripilante. Un aterrador y numeroso ejército apareció ante ellos.

Había esqueletos y Burócratas Grises, invocados por la bruja; y también seres elementales de agua y otras extrañas criaturas invocadas por Sorcerus. Incluso los esqueletos que estaban diseminados por la arena de la playa, de pronto, cobraron vida y se levantaron, dispuestos a defender el templo a toda costa ante cualquier intruso que pretendiera interrumpir la invocación de Gran Bestia.

Si un halcón hubiera planeado justo en ese instante por encima de las extensas playas de arena negra, habría contemplado cómo dos columnas enormes de soldados enfrentados se aproximaban lenta, pero inexorablemente, hasta colisionar en una nube de espadas, lanzas, hachas, puños y escudos. En cierto modo, aquellas dos masas de soldados recordaban el negro oleaje de la playa. Eran dos gigantescas olas que se fundían en una mucho más encrespada y caótica.

Desde un punto de vista más próximo, los detalles de aquella batalla daban una sensación bien distinta. Claramente había una ola que era más resistente y poderosa que la otra. Se trataba de la ola formada por todos los guerreros que habían participado en el Gran Torneo del Valle de Nigg. Aunque la horda procedente del templo era más numerosa, en general sus componentes eran mucho más torpes y débiles. Hedra la valkiria, por ejemplo, en poco tiempo había vencido a dos docenas de enemigos sin apenas sufrir un rasguño. Y Raligg también había demostrado, sobre todo ante sí mismo, que su adiestramiento en la Montaña del Tormento había surtido efecto: cada vez que lanzaba su puño o golpeaba con su pie contra un enemigo, este caía al suelo y jamás volvía a levantarse.

El ensordecedor trabuco de Sorsha derribaba con su munición a los oponentes más rápidos, como si desde el aire lanzara cuchillos afilados a traición. ¡Bang!, y un puñado de dagas caían a plomo sobre la arena negra de la playa.

Mayisius hacía uso de todos sus hechizos, tanto ofensivos como defensivos, para derrotar a los grupos más numerosos de enemigos. Pero había tantos que enseguida los nuevos reemplazaban a los caídos y el mago, viéndose rodeado, debía conjurar un salto gigantesco para salir del atolladero y aterrizar en otro punto de la playa. Cuando reunía suficiente fuerza, también rociaba con su magia a su ejército, y entonces todos los guerreros del Gran Torneo sentían renovada su energía, como si una extraña furia les hubiese poseído.

Entre los gritos, los aullidos y el entrechocar de armas, Mayisius advirtió que, en efecto, tenían una gran ventaja. Sin embargo, era una ventaja que no tardaría en convertirse en desventaja, pues aunque las hordas enemigas eran débiles, parecía que se reproducían infinitamente. Cada cierto tiempo, las puertas del templo se abrían y de ellas emergían más combatientes dispuestos para la lucha. Y cuando pensaban que ya estaban neutralizándolos, entonces emergían más, y luego más aún.

—Qué criaturas más denigrantes—mascullò Mayisius entre dientes.

Era cuestión de tiempo que los guerreros del Gran Torneo empezaran a sufrir de agotamiento, se volverían tan débiles o más que el enemigo. Aquellas hordas no tardarían en rodearlos. Y tiempo, precisamente, no era lo que tenían: si no lograban acceder a aquel templo, Gran Bestia arrasaría con todos de un soplido.

—¡Raligg! ¡Tráete a tu grupo, seguidme! —exclamó Mayisius.

Raligg no comprendió aquella orden del mago que, en aquel momento, se hallaba conjurando pequeñas bolas de fuego que se estrellaban contra sus atónitos rivales, pero había empezado a aceptar que las ideas de Mayisius no debían cuestionarse, al menos al principio. De modo que llevó consigo a Dafne y también a Sorsha y a Mantonegro. Al poco se unieron Hedra y otros tres o cuatro guerreros más.

—¡Por aquí! —vociferaba Mayisius, abriéndose paso entre los enemigos que se ponían por delante, gracias a un conjuro de poderosas ráfagas de viento.

A los pocos minutos, el grupo se había alejado lo suficiente de los dos bandos de combatientes como para que nadie reparara en ellos. Habían abandonado la batalla.

—¿Qué hacemos aquí? —preguntó Dafne, resollando por el agotamiento. Tan solo presentaba un par de rasguños en la mejilla izquierda, afortunadamente.

—Quieren vencernos agotándonos —dictaminó Mayisius—, todos esos enemigos son solo espectros creados por la magia, no son reales, ni poderosos, ni particularmente ingeniosos, pero sí son muy muy numerosos, casi infinitos. Si no cambiamos de estrategia, el tiempo se va a agotar.

—¿Qué propones? —preguntó Mantonegro con un tono de urgencia en la voz.

—Entrar por otro lado —respondió Mayisius, entrecerrando los ojos y mirando en derredor, como si tratara de descubrir algo que se mantenía oculto a su visión.

—¿Cómo? —intervino Raligg, con la frente perlada de sudor por el esfuerzo.

Sorsha quiso también decir algo, pero tener a su lado a Raligg le empequeñecía tanto la voz que nadie la habría oído.

—Antiguamente, me consta que este templo tenía un pasadizo subterráneo para huir en caso de sitio. La salida tiene que estar por aquí cerca.

—¿Alguna pista para que podamos ayudarte a buscar? —volvió a intervenir Mantonegro.

—Tenemos que encontrar una roca, las rocas suelen indicar las entradas y salidas subterráneas.

Todos exploraron el terreno a su alrededor. Salpicando las vastas extensiones de arena negra, había aproximadamente medio centenar de rocas oscuras de tamaño medio, unas diez rocas grandes aisladas y un par de cerros. ¿Por dónde empezar?

Se repartieron las rocas más próximas. No obstante, aquella búsqueda era desesperada, ni siquiera sabían muy bien qué es lo que tenían que encontrar. ¿Acaso la que indicaba la entrada iba a exhibir un letrero en el que se leyera «ENTRADA DEL PASADIZO SECRETO»?

Sin embargo, a pesar de todo, era precisamente eso lo que debían encontrar, aunque no se tratara exactamente de un letrero ni estuviera cincelado en un idioma conocido. Fue Mayisius quien dio con él en una de aquellas diez grandes formaciones rocosas. Repasó con la yema de los dedos uno de sus costados, captando en las irregularidades de la superficie cierto relieve, como una especie de alfabeto que algunos elegidos podrían traducir como un mensaje. Él no sabía a ciencia cierta su significado, quizá ponía sencillamente «Muerte segura a quien se acerque aquí», pero dedujo que, si allí se habían grabado aquellas palabras, necesariamente debían guardar relación con la entrada secreta al templo.

Y así fue.

La roca estaba unida a un pequeño promontorio, de modo que bastaba con echarla a un lado para acceder al interior del pasadizo. Sin duda, alguien se había preocupado de tapiar la entrada para transformar aquel templo en una fortaleza verdaderamente inexpugnable.

—Muchacho, creo que es tu turno —indicó Mayisius a Raligg, que enseguida advirtió la similitud entre aquella roca y la que él había intentado mover una y otra vez, día tras día, en la Montaña del Tormento.

Era el momento de que Raligg demostrara a todos lo que le había cundido el entrenamiento. De modo que asintió y se aproximó a la roca. Flexionó los brazos, tensando los músculos y, finalmente, posó sus grandes manos sobre la fría y húmeda superficie. Con todo, estaba mucho más caliente que la roca congelada de la Montaña del Tormento. Ajustó entonces sus pies en la arena, pues Mayisius a menudo afirmaba que con un buen punto de apoyo podía moverse el mundo. Respiró profundamente, llenando de aire sus pulmones, y empujó.

Sus piernas y sus brazos se tensaron como un arco a punto de disparar una flecha gigante. Sus manos se llenaron de venas palpitantes. Su rostro se puso colorado. Los dientes estaban tan apretados que hasta rechinaban. Y de la garganta de Raligg escapó un ligero y entrecortado sonido parecido al de un jabalí. Al principio, la roca no se movía del sitio, pero el gigante no cejó en su empeño, cerrando los ojos y concentrándose en todos sus músculos. Hasta el más mínimo de ellos contaba, pues si se usaban coordinadamente, uno podía lograr hazañas que parecían sobrehumanas.

Mayisius le iba haciendo gestos con las manos, como si Raligg tuviera dificultades para saber hacia qué dirección debía desplazar la roca. Mantonegro se quedó gratamente asombrado por la fuerza que era capaz de desarrollar su amigo. Sorsha estuvo a punto de desmayarse de amor. Y Dafne fue consciente en ese justo instante de que Raligg era la persona más especial que había conocido en su vida.

Para asombro de todos, incluido el propio Raligg, la roca empezó a moverse unos pocos centímetros. Él, a continuación, aprovechándose de la inercia, consiguió desplazarla a una distancia bastante aceptable, hasta dejarla totalmente a un lado.

Todos tosieron un poco por el polvo levantado y enseguida tuvieron a la vista la entrada a un túnel que se hundía bajo tierra.

—¡Diantres! —exclamó Mayisius—. Lo has conseguido. Creo que tu fuerza es ahora incluso mayor que en la Montaña del Tormento.

—Será... que aquí... no hace... un frío... tan... paralizante —resollaba Raligg, intentando recuperarse del esfuerzo con una rodilla hincada en el suelo y la cabeza echada hacia adelante.

—Ha sido alucinante —dijo Mantonegro.

—Sí. Alucinante —repitió Dafne.

Y como Raligg tenía la cabeza vencida hacia adelante, pudo ruborizarse todo lo que quiso sin miedo a ser descubierto.

—Bueno —zanjó Mayisius—, ¡el tiempo apremia! Este parece ser el único camino que nos podrá conducir hacia el templo esquivando a todas esas defensas creadas por Sorcerus y esa condenada bruja del infierno. ¡Vamos allá!

Antes de internarse por aquel angosto túnel, Raligg volvió a echar un vistazo a la batalla que se disputaba a cierta distancia, entre ellos y el templo. Estandartes y banderas se habían caído al suelo, algunos fugitivos parecían presa del más absoluto pánico y hasta los guerreros más poderosos empezaban a dar muestras de agotamiento. Los aliados estaban siendo progresivamente rodeados por un alud de múltiples criaturas concebidas por la magia, y el número no dejaba de crecer y crecer, como una avalancha de hormigas rodeando a un escarabajo.

Raligg temía los peligros a los que estaba a punto de enfrentarse en aquel túnel subterráneo, pero sin duda quedarse en el exterior empezaba a ser mucho más peligroso y cruento.

No había nada que perder. Y todos, bien juntos, y un poco a tientas, empezaron a descender por el pasadizo sumidos en las tinieblas.

III
La gran invocación

13

El pasadizo subterráneo

Algunos de los guerreros más audaces subieron a sus corceles y, a toda velocidad, abandonaron la batalla, galopando en dirección al templo de Urkish-Tun. Era un destacamento formado por seis poderosos guerreros, pero se dividieron en dos grupos de tres. La estrategia tenía todo el sentido del mundo: para lanzar un ataque a distancia, ahora deberían disparar y acertar dos veces, no una, y además fueron avanzando hacia el templo describiendo grandes arcos en el terreno, un grupo dirigiéndose al flanco derecho y, el otro, al izquierdo.

—¡Vamos!

—¡Ya llegamos!

Los ánimos estaban enardecidos, porque cada vez estaban más y más cerca. Tan solo era necesario que uno de los dos grupos alcanzara el templo y, con suerte, llegara hasta la Sala de los Hechizos para interrumpir la invocación de Gran Bestia.

El grupo del flanco derecho era el que más velozmente se aproximaba, levantando una nube de granos de arena negra a su alrededor. En menos de dos minutos, llegarían hasta las paredes del muro, y podrían empezar a trepar por ellas. Pero no lo consiguieron, pues de uno de los ventanales superiores del templo brotó una bola azul chisporroteante que, al impactar contra los tres guerreros, los convirtió en una nube de ceniza.

El segundo grupo continuó avanzando a toda velocidad, conscientes de que la siguiente bola azul podría ser para ellos. Afortunadamente, nadie los atacó. Era probable que ese tipo de magia tan poderosa procediera de Sorcerus o de la Señora de los Mil Inviernos, y concentrarse en ella supondría demasiado tiempo y esfuerzo. Tiempo y esfuerzo que acabarían restándose de la invocación.

Entonces los guerreros tiraron fuertemente de las riendas de sus caballos para frenarlos. Frente a ellos había algo que no habían previsto, un foso que rodeaba el templo y que solo podía salvarse si alguien desde dentro bajaba la puerta levadiza que, una vez accionada, funcionaba también como pasarela. Los tres desmontaron y se asomaron temerosos al foso. El fondo estaba cubierto por aguas negras como la tinta, aguas pútridas en las que se mezclaban emanaciones de gases tóxicos y los peores conjuros de la Señora de los Mil Inviernos. Ningún ser vivo podía permanecer sumergido en ese líquido más de diez o quince segundos, a no ser que deseara mandar su alma al cielo o al infierno.

—¿Y ahora qué hacemos? —dijo con la voz ahogada por la desesperación un centauro que había llegado hasta allí sin necesidad de montar un caballo, como era evidente.

Otro guerrero del Gran Torneo, un ogro peludo, portaba un carcaj lleno de flechas. Tomó una, le anudó una cuerda y la disparó con su arco. La flecha se clavó justo en la junta de dos ladrillos del templo unidos por una argamasa hecha con una mezcla de arenas. Ató el otro extremo de la cuerda al caballo y, asiéndola, se colgó en el vacío.

—Lo que tenemos que hacer es cruzar y escalar este maldito templo —dijo el ogro avanzando por la cuerda, centímetro a centímetro. Y justo cuando ya estaba a mitad de camino, la flecha se desprendió. El ogro no tuvo oportunidad de proferir ni siquiera un alarido de alarma, pues nada más tocar el fétido limo del foso, perdió el conocimiento y se consumió a los pocos segundos. Un minuto después, ya no quedaba ni rastro de él.

Los dos supervivientes se miraron, tenían las esperanzas de asaltar el templo cada vez más mermadas y, en cuanto advirtieron que un destacamento de enemigos abandonaba la batalla y se dirigía hacia ellos a toda velocidad, las pocas que les quedaban se hicieron añicos.

Definitivamente, no había manera de entrar en aquel templo inexpugnable. Al menos, no por la superficie.

Bajo tierra, quizá, y solo remotamente, habría alguna posibilidad de llegar hasta el templo de Urkish-Tun. O eso es lo que creía Mayisius, que encabezaba la marcha de aquel grupo de suicidas, iluminando el túnel con un hechizo de luz que hacía brillar la punta de su bastón. Justo detrás, caminaba Raligg, le seguía Dafne, y luego Mantonegro y Sorsha. La entrada del túnel había quedado custodiada por Hedra la valkiria y otros dos guerreros del Gran Torneo, que protegerían aquel acceso de cualquier enemigo que quisiera entrar por allí y sorprenderles por la espalda.

De los cinco individuos que avanzaban lentamente bajo la playa de arenas negras dependía, en definitiva, la salvación del mundo. Apenas se encontraban a unos metros bajo tierra, pero a aquella profundidad no les llegaba ni un susurro de la gran batalla que se desarrollaba sobre sus cabezas. En aquel pasadizo solo existía el silencio, un silencio que tan solo quedaba perturbado por el ruido de sus pasos y el silbido de una brisa.

—Menos mal que puedes crear un poco de luz —dijo Raligg al descubrir toda clase de insectos. Desde negras cucarachas a relucientes escarabajos, pasando por serpenteantes larvas y sabandijas huían despavoridos de aquella extraña claridad, escondiéndose en grietas y agujeros.

Era natural que aquel túnel subterráneo albergara tanta vida, pues, a pesar de que la piedra de las paredes y del techo era fría y húmeda, el aire estaba caliente, como si fuera el aliento de un dragón. A aquel ambiente inquietante de bichos que correteaban por el suelo se le sumaba otro detalle: algunas calaveras y numerosos huesos esparcidos por todas partes, la mayoría de ellos rotos o deteriorados.

Mayisius detectó que en aquel camino también había alguna trampa mágica, pues había sido abandonado hacía mucho, pero probablemente perduraban rescoldos de antiguos hechizos ya debilitados, porque apenas causaban efecto en ellos. A veces, por ejemplo, el camino parecía dividirse en dos, pero, si fijabas la mirada, descubrías que solo era un espejismo, como en esas ocasiones en que se nos nubla un poco la vista y basta con concentrarnos para que la claridad regrese. También había muros de magia que, antaño, hubieran detenido el avance de un guerrero, pero que en la actualidad solo suponían un pequeño impedimento, como si trataras de andar bajo la superficie del mar.

Así pues, todas aquellas trampas finalmente no surtieron demasiado efecto, y menos para unos ojos entrenados como los de Mayisius, capaces de explicar fácilmente cualquier fenómeno extraño. Sin duda, Sorcerus y la Señora de los Mil Inviernos se habían preocupado tanto por defender la superficie que habían descuidado el pasadizo subterráneo.

Continuaron avanzando lentamente por aquel túnel, que finalmente desembocó en una cámara más amplia de techos abovedados. La luz que desprendía el bastón de Mayisius reveló que allí también había escorpiones, gusanos y otros artrópodos que rápidamente se ocultaron en las sombras. Era una caverna sobrecogedoramente amplia, labrada en toda la superficie de sus muros como si hubiera sido excavada palmo a palmo con un martillo y un escoplo. Más que una cueva parecía el interior de una catedral de piedra.

—Esto se parece demasiado a los pasajes del terror de las ferias —señaló Mantonegro.

—A mí se me parece al infierno —matizó Raligg.

Y la referencia al infierno tuvo mucho más sentido para todos cuando, más adelante, se toparon con un quebradizo puente de madera que salvaba una sima. Al fondo, a más de trescientos metros de profundidad, refulgía un río de lava ardiente que discurría a ritmo pesado, como si avanzara a cámara lenta.

—No hay otro camino —admitió Mayisius—, cruzaremos el puente uno a uno porque no creo que pueda soportar el peso de todos.

Como si estuviera a punto de pisar un campo lleno de minas, el primero en cruzar el puente fue el propio Mayisius. Aquellas tablillas crujían y de ellas se desprendían pequeñas astillas cada vez que daba un paso, pero finalmente resistió hasta que llegó al otro lado. Desde allí, apuntó con su bastón al puente para iluminar mejor el camino al resto.

El siguiente en cruzar fue Mantonegro, casi al galope. Luego Sorsha.

—Ahora tú —le dijo Raligg a Dafne.

—¿Estás seguro?

—Es evidente que yo soy el que más pesa de todos. Si el puente debe hundirse, que al menos hayáis pasado vosotros.

En los ojos de Dafne se dibujó una señal de alarma, pues no deseaba que aquel río de lava se tragara a Raligg y desapareciera para siempre.

—¡Vamos! —exclamó Mayisius desde el otro lado del puente.

—Adelante —insistió Raligg.

Dafne pisó el primer travesaño del puente y lo sintió tan frágil bajo su pie, como si reposara sobre el hilo de una tela de araña. El puente debía de tener siglos de antigüedad, y desde luego no había sido diseñado ni construido para perdurar en el tiempo. Además, muchos de los travesaños de la pasarela estaban carcomidos y sencillamente se habían desprendido, de modo que Dafne debía pasar el pie por encima de ellos cuidándose de no pisar un traicionero hueco.

Un cordaje vertical unía la base del puente a dos cuerdas más delgadas que, asimismo, salvaban la sima formando una especie de precaria barandilla, a la que

Dafne se aferraba para sentirse un poco más segura. Ya habría recorrido unos cuatro metros de un total de veinte cuando, de repente, la tabla que pisaba se partió o, mejor dicho, se desintegró. Ella tropezó y cayó de bruces contra el puente. Mientras caía, previsora, se aferró todavía más fuerte a las cuerdas, como si fuera la única cosa en el mundo que podía salvarla de precipitarse hacia el abismo. Pero no era la única cosa, ni siquiera era la más sólida ni fiable. Esos adjetivos debía adjudicárselos a la poderosa mano de Raligg.

Todo sucedió muy rápido. La caída de bruces sobre la pasarela provocó una sacudida que desestabilizó todo el puente. El entramado empezó a descomponerse, zarandeándose de un lado a otro y precipitándose hacia el río de lava. Básicamente, el puente se partió en dos mitades, cada una de las cuales permaneció suspendida en el vacío a ambos bordes de la sima. Dafne se aferró a la mitad que colgaba desde el lado por donde había iniciado la marcha y los restos del puente golpearon contra las paredes del desfiladero, descomponiéndose todavía más. Ella agarraba con todas sus fuerzas aquellas cuerdas, suspendida en el vacío, pero el golpe contra la pared la dejó tan desorientada que estaba a punto de soltarse cuando la mano de Raligg la sujetó por el brazo, tan solo un segundo antes de que ella se rindiera a lo inevitable. Él la sostuvo tan fuerte que su energía era la única cosa en el mundo que podía salvarla de caer al abismo.

Raligg se había lanzado al suelo justo en el instante en que el puente se partía, actuando por instinto, impulsado por los reflejos que había entrenado en la Montaña del Tormento. En un intento desesperado había alargado la mano hacia Dafne, como si tratara de atrapar una pelota lanzada a toda velocidad. Cuando agarró su brazo, lo apretó con fuerza y tiró hacia sí con toda su energía. Dafne, todavía desorientada, usaba los travesaños del puente a modo de precarios peldaños, y mientras ascendía su mirada se clavó en los ojos de Raligg. Aquel contacto visual duró apenas un segundo, pero ambos supieron entonces que ese momento iba a determinar el resto de sus vidas.

Dafne reanudó su ascensión con renovado esfuerzo, poniendo sus pies en el relieve de la pared rocosa del desfiladero para impulsarse hacia arriba. Raligg la ayudó a trasponer el reborde, y ambos se tumbaron en el suelo totalmente exhaustos con la sensación de haberse librado de una muerte segura.

—¿Estáis bien? —preguntó Mayisius desde el otro lado de la sima, y su voz creó una serie de ecos en las paredes de piedra.

—Sí —jadeó Raligg tratando de recuperar el aliento. Dafne estaba tumbada justo a su lado, también respirando agitadamente, pero, sin dejar de mirarle, se incorporó ligeramente, aproximó su cabeza a la de él y le dio un beso en los labios.

Fue un beso breve, pero suficiente para cortar la respiración de Raligg durante unos segundos.

—Gracias —le susurró Dafne.

Desde el otro lado, Sorsha creyó intuir lo que estaba pasando y se puso colorada de rabia; luego, no pudo evitar ponerse aún más colorada por la vergüenza de haberse puesto colorada.

14

La ola

—Están viniendo por el túnel secreto —advirtió Sorcerus, interrumpiendo la invocación. Estaba tan vinculado emocional y espiritualmente por la magia a su pupilo Mayisius que era capaz de detectar su presencia incluso a larga distancia.

—Tenemos que concentrarnos en la invocación —replicó la Señora de los Mil Inviernos—, ya casi hemos terminado.

—No acabaremos a tiempo, casi están aquí.

—¿No puedes enviarles más soldados?

—Todos están protegiendo las entradas de la superficie, si no los mantenemos, sus guerreros podrían tener alguna posibilidad de acceder por la puerta principal.

La bruja apretó la mandíbula.

—¡Maldición!

Algunos de los guerreros encerrados en sus pequeñas celdas suspendidas en las alturas, cuya energía estaba siendo drenada a través de los recolectores de elixir, sonrieron al oír aquellas palabras.

—¿Qué hacemos? —preguntó el mago.

—¡Ahógalos! No podemos interrumpir la invocación ahora.

—Hace mucho tiempo que no se usa el foso para eso, puede que no funcione.

—¡He dicho que los ahogues!

Sorcerus estuvo a punto de lanzar un rayo contra aquella bruja insoportablemente histérica, pero se contuvo. Gran Bestia estaba muy cerca. Al fin y al cabo, la Señora de los Mil Inviernos tenía razón. La única opción era ahogarlos. Se dirigió hacia la planta baja del templo, descendiendo por una escalera de caracol, se aproximó a unas cuerdas que se elevaban hacia el techo mediante un cabrestante. En otras circunstancias hubiera sido necesaria la fuerza de tres o cuatro hombres para tirar de aquellas maromas, pero Sorcerus solo necesitó la magia para conseguirlo. El mecanismo puso en funcionamiento una serie de engranajes chirriantes que abrieron una docena de portezuelas situadas al fondo del foso del templo. Doce agujeros del tamaño de una cabaña se abrieron simultáneamente y las pestilentes aguas negras que llenaban el foso protector del templo se vaciaron a través de estas aberturas, dejando vacío aquel espacio que, instantes antes, era como una gigantesca bañera con capacidad para un millón de litros de agua.

Mantonegro había recuperado las cuerdas mejor conservadas del puente para confeccionar, entrelazándolas, una soga un poco más resistente. A un extremo ató una flecha para dispararla a continuación contra una zona del techo del túnel compuesta de roca y arena. La cuerda, ahora convertida en liana, cruzó el abismo.

—No tengáis miedo —gritó Mantonegro desde el otro lado de la sima—, esta cuerda sí que aguantará.

—Yo primero —se adelantó Raligg a Dafne, consciente de que no podía arriesgar de nuevo su vida.

Se aferró a la cuerda y, tras tirar de ella para comprobar que efectivamente estaba bien anclada en el techo, se dejó caer desde el borde de la sima. El cuerpo de Raligg, gracias a la inercia, describió una curva hacia abajo y enseguida hacia arriba por encima de la hirviente lava. A punto estuvo de caer sobre Mantonegro, pero este se apartó en el último segundo haciendo gala de sus buenos reflejos.

A Raligg le tranquilizó la seguridad de que si la cuerda había soportado su peso, sin duda iba a soportar el de Dafne; de modo que le lanzó el extremo con fuerza sin temer en absoluto que pudiera producirse otro incidente. Y así fue: en cuestión de segundos, Dafne ya estaba entre los brazos de Raligg mirándolo fijamente a los ojos.

—Tortolitos... ¡Debemos darnos prisa! —urgió Mayisius.

Ambos se separaron abochornados y Sorsha volvió a ponerse muy colorada.

El grupo reanudó la marcha por aquella caverna subterránea, siguiendo a Mayisius y su bastón luminoso. Sin embargo, muy pronto se darían cuenta de que la caverna se bifurcaba. El camino se dividía en dos. Las posibilidades de éxito se reducían a la mitad.

—¿Y ahora qué camino tomamos? —preguntó Mantonegro.

—Maldita sea —farfulló Mayisius—, no tenemos tiempo para laberintos.

—Propongo apostarlo todo a un camino, al menos tendremos el cincuenta por ciento de probabilidad de acertar —dijo Raligg.

—¿Y si nos dividimos? —propuso Sorsha sin mirar a Raligg. Parecía que lanzaba su alternativa solo porque se sentía herida en sus sentimientos.

—Ya hemos dejado a gente en el camino —replicó Raligg—, si nos dividimos, al final seremos muy pocos. Llegue quien llegue tendrá que luchar contra dos hechiceros muy poderosos. Debemos permanecer unidos.

Dafne carraspeó, en parte para apaciguar aquella tensión creciente entre Raligg y Sorsha, en parte porque había descubierto unas runas grabadas en la roca de la pared.

—Aquí hay escritos algunos símbolos que podrían significar algo.

—¿Puedes leerlos? —preguntó Mayisius acercándose a ella.

—Claro, son runas primitivas, pero las traduciré en un instante.

—¿Dónde has aprendido? —preguntó Raligg.

—Una chica siempre debe guardar algunos recursos secretos —zanjó Dafne.

Sorsha le lanzó una mirada de irritación pensando: «¿Además de guapa tenía que ser inteligente?».

Un minuto más tarde, Dafne continuaba concentrada en el mensaje grabado en la pared, recorriendo cada runa con la yema de los dedos.

—¿Te falta mucho? —se impacientó Mayisius.

—Es más difícil de lo que parecía y, además, tampoco soy una experta en traducción de runas antiguas.

Sorsha tamborileaba frenética con sus pequeños dedos sobre su trabuco y Mantonegro miraba el fondo de ambos túneles, quizá buscando alguna pista que les indicara cuál era el camino correcto y cuál desembocaba en la muerte segura.

—Creo que ya tengo una traducción aproximada —carraspeó Dafne—. Esto es lo que pone: «Intrépido viajero, para encontrar el camino acertado debes elegir. Solo una de estas dos puertas te llevará hasta tu objetivo. La otra te llevará hasta tu perdición. Para saber cuál es debes resolver este acertijo. Una puerta es la verdad y la otra puerta es la mentira, si la de la derecha dijera cuál lleva al camino correcto, diría que es la otra. Reflexiona...» y, bueno, esta parte no la entiendo, es algo sobre la fe, la suerte y... ¿el estofado de carne?

—Claro, el estofado de carne es delicioso —intervino Mayisius.

—¿Y eso qué tiene que ver? —preguntó Raligg.

—Muchacho, ¿no lo ves? Si algo está delicioso es bueno, si es bueno, también es correcto. El estofado de carne es lo correcto, de modo que debemos escoger... el túnel que huela a estofado de carne.

Mantonegro se asomó a un túnel y luego al otro, olisqueando el aire, pero no captó ningún aroma a estofado de carne, ni siquiera a nada que oliera remotamente a comida.

—El estofado de carne me encanta, es lógico que sea lo correcto —insistió Mayisius.

—¿Y dónde está el estofado de carne? —preguntó Mantonegro.

—Creo que deberíamos centrarnos en la primera parte del acertijo —intervino Raligg—, ¿la habéis olvidado?

—Tal vez no se refiera a estofado de carne caliente, sino a un estofado frío —meditó Mayisius—, mi madre lo hacía delicioso, por cierto, con patata, zanahoria y un punto de sal y pimienta. Os encantaría probarlo, de verdad de la buena, mmm... se me hace la boca agua.

—Sea frío o caliente, aquí no hay ni rastro de estofado —decía Mantonegro.

Dafne chistó para que todos guardaran silencio un momento.

—Me he equivocado en la traducción —intervino entonces para poner fin a aquel diálogo que estaba volviéndose surrealista—. Aquí no pone nada de un estofado de carne. Dice que nos cuidemos del calor ardiente de las entrañas de la tierra. Perdonad, ha sido un grave error de concepto. Las runas que significan «calor» se parecen mucho a las de «estofado». Y he confundido la «carne» literal con la «carne» metafórica, que es el mundo, la tierra que pisamos. Así que «estofado de carne» significa «lava», o fuego del interior de la tierra.

—Bueno, entonces era estofado caliente, no frío —replicó Mayisius.

—Hemos de centrarnos en el acertijo de las dos puertas: una dice la verdad y la otra la mentira... —prosiguió Raligg sin hacer caso a las reflexiones gastronómicas de Mayisius.

Mantonegro bizqueó intentando asimilar el acertijo. Solo uno de los túneles los llevaría hasta el objetivo; el otro, hasta la perdición. Una puerta es la verdad y otra la mentira, si la de la derecha dijera cuál es el camino correcto, diría que es la otra. Entonces... ¿La correcta es la puerta que conduce al camino de la derecha? ¿O la de la izquierda? Era demasiado complicado para él.

Mayisius se concentró, sabía que podía resolverlo, lo había escuchado antes. También le sonaba a Sorsha.

—Bueno, ya os lo he traducido... ¿Qué hacemos? —dijo Dafne.

—Ya lo tengo, bonita —intervino de repente Sorsha con los ojos iluminados.

—Ah, ¿sí? —preguntó Dafne con sincera curiosidad.

—¡Sí! Escuchad, tiene toda la lógica del mundo. Tenemos que ir por la puerta de la derecha. Si se pregunta a cualquier puerta cuál de las dos lleva al templo, me dirá que la otra es la correcta, siempre me dirá la contraria, o sea, la mala, porque la puerta de la verdad siempre responderá lo que realmente diría la de la mentira y la de la mentira siempre señalará lo contrario que la de la verdad. ¡Siempre hay que coger la puerta contraria a la que te respondan! Y el acertijo decía que si la puerta de la derecha dijera cuál es el camino correcto diría que es la otra.

Mantonegro tuvo un leve desfallecimiento y a Raligg se le nubló la vista. Mayisius estuvo a punto de hacer un pequeño comentario acerca del estofado de carne de su madre, pero afortunadamente se abstuvo.

—Creo que me va a estallar la cabeza —admitió Raligg—, no logro entenderlo.

—Espera... —dijo Mantonegro—, creo que lo entiendo..., creo que Sorsha tiene razón.

Sorsha se puso el trabuco sobre el hombro y levantó el mentón con orgullo:

—Es muy fácil, a poco que reflexiones...

—Es verdad, ¡ya lo entiendo! —aseguró finalmente Raligg—. Es un lío al principio, pero el problema se resuelve mejor si se descompone en tres ideas básicas. Eres muy inteligente, Sorsha, ¡gracias!

Y Sorsha se sintió aún más orgullosa de sí misma. Punto para ella. Tal vez el amor de Raligg iba a ser para Dafne, pero había logrado capturar un poco su atención. Al menos un poco.

—¡Adelante! ¡No perdamos más tiempo! —vociferó Mayisius justo entonces: al fin parecía haber comprendido el acertijo y se había olvidado del delicioso estofado de carne de su madre.

El grupo inició la marcha por la puerta que supuestamente les conduciría hacia los subterráneos del templo. Progresivamente, el terreno presentaba una pendiente más pronunciada. Cruzaron algunas telarañas y, más tarde, una sección de pasillo cuyos techos bajos estaban reforzados por travesaños de madera. Por el camino también se toparon con algún pico y alguna pala, y sobre todo con bichos, decenas y decenas de bichos que se colaban por cualquier rendija para huir de la luz que desprendía el bastón de Mayisius.

—Estamos cerca, estamos cerca... —musitaba Mayisius—, noto que estamos muy cerca de Sorcerus.

—¡Alto! —exclamó entonces Mantonegro deteniendo la marcha.

—¿Algún problema? —preguntó Raligg.

—Shhh..., ¡silencio!

Todos se detuvieron y guardaron estricto silencio. No se oía nada, salvo el ligero silbido del viento. En realidad, era cada vez más y más fuerte, hasta que se convirtió en un tumultuoso estruendo que despertó ecos en el túnel. Como si el viento estuviera siendo empujado hacia ellos por un gran cuerpo sólido.

Todos fijaron la vista hacia el fondo del pasadizo, en dirección a aquel ruido creciente. La profundidad parecía reverberar, como si tuviera un carácter irreal, y era más negra que la propia oscuridad. Una negrura que avanzaba hacia ellos. Intercambiaron miradas de incertidumbre, petrificados, sin atreverse a avanzar ni a dar la vuelta. Raligg agarró la mano a Dafne y Dafne hizo lo propio con Raligg.

—¡Retroceded! —gritó entonces Mayisius.

Sin saber exactamente a lo que se enfrentaban, empezaron a andar cada vez más deprisa hacia atrás, como los cangrejos, hasta que distinguieron que se les abalanzaba una gigantesca ola de aguas negras como la brea. Giraron sobre sí mismos y, esta vez sí, se lanzaron a una huida veloz.

El estruendo a sus espaldas aumentaba en intensidad, del techo empezaron a desprenderse fragmentos de tierra y el suelo temblaba como si estuvieran en el centro de un volcán a punto de entrar en erupción. Corrían tan rápido que enseguida abandonaron la ramificación del túnel que habían decidido tomar tras resolver el acertijo, pero como no querían volver hasta el punto de inicio, Mayisius les conminó a tomar la bifurcación de la izquierda, la incorrecta…, aunque dadas las circunstancias, ningún camino era incorrecto si la alternativa era enfrentarse a aquella masa destructora de agua negra.

Aquel cataclismo acuático repleto de ácidos flatulentos y conjuros destructores avanzaba furioso, amenazando con arrollarlos, pero al tomar aquella ramificación ganaron algunos segundos: el agua, debido a la inercia, continuó arrasando el camino por el que habían llegado, el que conectaba con la salida al exterior de la playa, pero en cuanto aquella fuerza dejó de actuar, una parte considerable del líquido pestilente aprovechó la inclinación del terreno para describir una curva de noventa grados y empezar a destruir todo lo que se hallara a su paso a lo largo de la bifurcación de la izquierda.

A pesar de que corrían con todas sus fuerzas, el espumoso borde frontal estaba cada vez más cerca de ellos, y hasta Mantonegro, que giró un instante la cabeza, pudo distinguir en esa avalancha monstruosa de agua los restos del túnel que habían sido arrollados: rocas, piedras, ramas, leños, travesaños e incluso yelmos y armaduras de guerreros que tiempo atrás habían intentado cruzar el foso que rodeaba el templo.

Todos empezaron a gritar al unísono sin dejar de correr. A Mayisius le pareció atisbar una tenue luz al final del túnel. ¿Sería su salvación? Corrieron con renovadas energías hacia allí y llegaron justo cuando las primeras lenguas de agua negra empezaban a mojarles los pies. Instantáneamente notaron que la piel que no tenían cubierta por la ropa comenzaba a arderles.

Era una enorme cámara abovedada..., pero tuvieron que contener el impulso de la carrera y detenerse bruscamente, clavando los pies en la tierra todo cuanto pudieron, pues frente a ellos se abría un precipicio. El túnel moría en mitad del muro de un acantilado subterráneo, con una caída de varios cientos de metros.

Abriendo los brazos para guardar el equilibrio, se mantuvieron allí un instante que les pareció una eternidad, y enseguida Raligg empujó a Dafne hacia un lado de la boca del túnel, y a Mayisius, Mantonegro y Sorsha hacia el otro, para acabar saltando rápidamente él también junto a Dafne. Justo en ese preciso momento, desembocó la oleada de agua negra arrollándolo todo a su paso y precipitándose en el oscuro abismo. Fue como un desagüe a presión que brotó con tanta fuerza que hasta ensanchó la boca del túnel, amenazando con empujar hacia el vacío a todos los que se aferraban a la pared en precario equilibrio.

El bastón de Mayisius también fue arrastrado por la fuerza de aquel géiser en erupción, así como el trabuco de Sorsha y diversos objetos y armas que llevaban consigo. Sin bastón, la oscuridad era completa.

El fragor del estruendo fue apagándose a medida que el agua negra caía estrellándose en el fondo. Tan solo se escuchaban los jadeos y gemidos de quienes habían logrado permanecer agarrados a la pared o las rocas, totalmente empapados. Pero era imposible saber si alguien había sido arrastrado al vacío o no.

—¿Estáis todos bien? —preguntó entonces Raligg, con el corazón bombeándole en los oídos.

—Sí —respondió Dafne en la oscuridad, completamente mojada por aquella agua gélida que, sin embargo, le provocaba una quemazón indescriptible en la piel.

—Sigo aquí —anunció Mantonegro.

—Yo también —confirmó Sorsha.

Y nadie más dijo nada.

—¿Mayisius? —insistió Raligg.

Y por toda respuesta, una luz resplandeciente empezó a ascender desde el fondo del acantilado, brillando tan fuerte que iluminaba toda la escena a su paso, incluso alcanzando los bordes de la cámara subterránea. Ahora que la contemplaban iluminada debían admitir que aquella gruta era gigantesca, lo suficientemente grande como para alojar una aldea.

La luz procedía del bastón de Mayisius y ascendía lentamente hasta que llegó a la mano del mago. Entonces pudieron ver que también estaba allí con ellos, eso sí: tumbado en el borde fangoso con medio cuerpo en el vacío a punto de desprenderse.

—Os dije que debíamos prestarle más atención al estofado de carne que mencionaba la inscripción —dijo al fin.

Aquella cámara subterránea era inmensa. La luz que desprendía el bastón de Mayisius apenas alcanzaba a iluminar las paredes cavernosas. En el fondo vislumbraron un amplio lago oscuro, que probablemente conectaba con el mar, pues a través de diferentes cuevas y oquedades, llegaba en sordina el rumor del oleaje.

Pero lo más intimidatorio no era el lugar, sino la criatura labrada en la piedra de la pared del fondo, y que debía de tener unos cincuenta metros de altura. Estaba esculpida de tal forma que parecía emerger de la propia roca, como si fuera un relieve extremadamente realista. Con seguridad, era una representación mitológica aproximada de Gran Bestia, Mayisius sabía que aquel templo ya había sido usado en tiempos antiguos para su invocación o que, al menos, había albergado algún antiguo culto a su figura.

—La leyenda cuenta que el mundo fue destruido cada vez que Gran Bestia despertó y que los dioses benévolos decidieron poblarlo de nuevo con las primeras criaturas —explicó sucintamente Mayisius.

—¿Cuántas veces ha destruido el mundo? —preguntó tímidamente Dafne, con cierto miedo a recibir como respuesta un número demasiado elevado.

—Incontables. Nadie lo sabe en realidad. El mundo desaparecía sin dejar ni rastro de su existencia tras el despertar de Gran Bestia. Después, cuando los dioses lo decidían, toda la vida empezaba de cero.

—Es...

—Aterrador —completó Mayisius.

La versión pétrea de Gran Bestia ya era ominosa, así que no querían ni imaginar cómo sería la versión real. Tenía enroscadas serpientes en sus piernas y su cintura, unas serpientes en posición de ataque, con la boca abierta enseñando los dientes. Contaba con seis brazos dotados de una poderosa musculatura. Unas formaciones óseas le crecían de las articulaciones de los hombros y, según la leyenda, eran más resistentes que el acero templado. Del cuello de Gran Bestia colgaban cadenas y calaveras humanas. Pero, sin duda, lo más aterrador era su cabeza: una especie de máscara del horror, como una calavera gigante en cuyas cuencas relucían destellos de lava fundida. De sus fosas nasales también brotaban volutas de humo sulfuroso. Carecía de nariz, mostraba colmillos afilados, y remataban su cabeza a modo de adornos una serie de criaturas monstruosas y mutantes.

—No te preocupes, chica —le dijo entonces Mayisius a Sorsha—, no estábamos equivocados con el camino tomado. Esta trampa olía a Sorcerus. Ha sido su desesperado intento de que no lleguemos hasta él. Pero ha sido el último, y además nos ha servido para tener un pequeño encuentro con Gran Bestia.

Tanto Sorsha como los demás no podían apartar sus ojos de aquella horripilante imagen pétrea.

—Ah, no hagáis mucho caso a esa estatua —continuó Mayisius—, solo es una representación, habladurías. Nadie que haya visto a Gran Bestia ha vivido para contarlo, ¿recordáis? Bueno, no sé si lo recordaréis porque no me acuerdo de si os lo he contado o no… ¡Pero no importa! Quizá Gran Bestia no sea para tanto. Además, ¿sabéis por qué le llamamos así? Porque nadie conoce su nombre, pues no vivieron para contarlo quienes…

—Sí, ya lo has dicho —le interrumpió Mantonegro.

—¿Sí? ¿En serio? Creo que tanta agua no me ha sentado bien… En cualquier caso, ¿estáis preparados para volver? ¿Preparados para machacar a Sorcerus y a esa maldita bruja que se niega a desaparecer de este mundo?

Todos estaban magullados y habían perdido sus armas más valiosas, pero estaban listos. Además, Mayisius había secado con un hechizo sus cuerpos y sus ropas para evitar el efecto mortificante de los ácidos y los conjuros que contenían las negras aguas. Asintieron con la cabeza y se pusieron en marcha, no sin antes echar un rápido vistazo a la estatua de Gran Bestia. Si no tenían éxito, sin duda el mundo iba a convertirse en un lugar tenebroso.

15

Desafío mágico

Los cánticos de invocación continuaban su curso en la Sala de los Hechizos, tanto Sorcerus como la Señora de los Mil Inviernos entonaban algunas estrofas al unísono, y otras por separado. Aquella extraña música antigua creaba su propia armonía y su propia dinámica, elevándose y descendiendo en tono y en volumen, despertando ecos en los pasillos y rebotando contra el techo.

El *Libro de los Muertos* centelleaba. El elixir también resplandecía en los colectores. Una neblina azul lo inundaba todo. Y las antorchas iluminaban la escena con cierto aire dramático.

Todo estaba preparado. El ritual llegaba a su fin. En unos segundos el mundo habría..., pero, por el rabillo del ojo, la Señora de los Mil Inviernos logró distinguir una sombra que se aproximaba hacia ella a toda velocidad. Un instante antes de que chocara contra su cabeza, usó su magia para detenerla. La sombra se quedó petrificada a solo cinco centímetros de su mejilla izquierda. Entonces la bruja pudo identificar de qué se trataba: era una piedra del tamaño de un puño que había sido lanzada hacia ella con una fuerza endiablada.

La Señora de los Mil Inviernos ensombreció el semblante, miró en dirección contraria a la trayectoria de la piedra y descubrió a su lanzador: un gigante. El mismo que la había vencido tiempo atrás. Aquel maldito engendro había logrado sobrevivir a todas las trampas del templo y, ahora, justo ahora, osaba lanzarle una piedra a la cabeza para interrumpir su gran venganza. La bruja escudriñó a aquel bárbaro intruso al que todos llamaban Raligg Naggigg, tratando de grabar en su mente sus facciones, registrar en su cerebro hasta el más minúsculo detalle, de modo que jamás olvidara a aquel mequetrefe que osaba plantarle cara otra vez.

Cuando Sorcerus reaccionó, ya estaba siendo rodeado por Sorsha, que portaba un tablón de madera, y Dafne, que le tiraba una piedra. Todas eran armas que habían ido recogiendo en el pasaje subterráneo, a medida que se aproximaban al templo. El pérfido mago reaccionó rápido y paralizó con su mente a sus atacantes, proyectándolas hacia atrás como si fueran simples hojas empujadas por el viento.

Pero la ofensiva era mucho más elaborada de lo que parecía. Tanto la Señora de los Mil Inviernos como su compinche habían invertido un tiempo precioso en esquivar aquellos primeros ataques, lo que no solo había interrumpido la invocación, sino que había permitido una segunda andanada de ataques, lanzada por Mantonegro, que apareció por detrás de la bruja blandiendo otro tablón de madera. Con un golpe seco, atizó a la Señora en la espalda. Ella retrocedió, herida más en su orgullo que en su cuerpo.

Mayisius, por su parte, sorprendió a Sorcerus por su punto ciego y le lanzó un hechizo de luz deslumbrante que le cegó durante unos segundos. Estos fueron aprovechados por Raligg para correr hacia él y proyectar un puño hacia su rostro. El primer golpe resonó como un chasquido de látigo por toda la Sala de los Hechizos y casi le deja inconsciente; el segundo, asestado con el otro puño, le castigó el hígado; el tercero, el hombro derecho. Raligg golpeaba y golpeaba todo lo rápido que podía, sin dar tregua al mago. Otro puñetazo se estrelló contra el pecho de Sorcerus, que quedó sin aire y boqueando como un pez fuera del agua. Finalmente, otro directo hizo que el mago se derrumbara contra el suelo, definitivamente derrotado.

Por su parte, Mantonegro iba a propinarle otro topetazo a la bruja con el tablón de madera, pero esta reaccionó antes y, con una mirada de furia, hizo astillas el tablón, creando al instante un millar de mondadientes que se desparramaron por el suelo. El centauro comenzó a correr a toda velocidad alrededor de ella, dando vueltas y más vueltas para desorientarla, y cada pocos segundos aprovechaba para propinarle fuertes coces, una en la espalda, otra en los riñones, otra en las piernas…

La bruja estaba a punto de ser derribada por aquel ataque enloquecido de Mantonegro, pero, finalmente, con un movimiento de manos, invocó el movimiento del aire, y el cuerpo de su atacante se precipitó hacia el fondo de la sala, volando hasta que la pared lo detuvo.

—¡Ni un movimiento más o serán incineradas! —aquellas palabras amenazadoras fueron pronunciadas por la voz histérica de la Señora de los Mil Inviernos mientras apuntaba su dedo índice contra los cuerpos derribados de Dafne y Sorsha.

Tanto Raligg como Mayisius se detuvieron al instante al comprobar que la amenaza iba en serio. Sorcerus, todavía tendido en el suelo, gimió semiinconsciente.

—Tú mandas, bruja —dijo Mayisius—, pero no invocaréis a Gran Bestia.

—¿Ah, no? —desafió ella, sin dejar de vigilar los movimientos de Dafne y Sorsha—. ¿Quién va a impedírmelo?

Mayisius no movió un músculo de su rostro. A pesar de que solía hablar con un pequeño rictus de sonrisa siempre instalado en los labios, en aquella ocasión tanto sus facciones como sus palabras sonaron tremendamente serias y trascendentales:

—Voy a hacerlo yo. Si las atacas, destruiré a Sorcerus, y si acabo con él, no podrás terminar la invocación.

La Señora de los Mil Inviernos vaciló un instante, mirando alternativamente a Mayisius, por un lado, y por el otro a Dafne y Sorsha, que se iban alejando paso a paso de ella.

—Bah..., es un farol, mago cobarde —concluyó entonces la bruja con su voz más desdeñosa.

—No lo es —respondió Mayisius sin alterar la voz ni el gesto, sus palabras sonaron casi maquinales, como si estuviera jugando una partida de ajedrez y solo le guiara el raciocinio más frío y calculador—. Si invocáis a Gran Bestia, moriremos todos, así que ellas ya están muertas. Todos lo estamos. Mi única salida es impedir la invocación, y para evitar un millón de muertes estoy dispuesto a sacrificar las vidas de dos chicas inocentes.

La Señora de los Mil Inviernos respiraba pesadamente, tratando de analizar la lógica de aquella idea. Afuera, a través de los grandes ventanales, les llegaban sordos los gritos y el entrechocar de armas de la batalla entre los dos ejércitos. La lucha empezaba a ser muy desigual, pues el creciente número de hordas enemigas estaba agotando las fuerzas del ejército aliado.

—De acuerdo, mago —se rindió al fin la bruja—, ¿qué propones entonces?

En ese instante, Sorcerus emitió un gemido de dolor desde el suelo y, a tientas, trató de incorporarse. Tenía rota la nariz, un moretón en el pómulo izquierdo, y, cuando finalmente pudo levantarse, cojeaba un poco al andar.

—Un combate justo —anunció entonces Mayisius—, de igual a igual. Pupilo contra maestro.

La bruja frunció el entrecejo, pero a continuación elevó la comisura de los labios en una sonrisa diabólica.

—Será un placer contemplar cómo tu maestro te convierte en un repugnante sapo.

Sorcerus se palpó la herida de la boca con la mano, y el dolor le hizo enfurecerse todavía más.

—¿Así que quieres medirte conmigo? —inquirió dirigiendo una mirada de odio contra Mayisius.

—Eso he dicho, ¿estás sordo? —replicó Mayisius con su característica media sonrisa de nuevo instalada en los labios.

—Sea entonces. Primero te aplastaré a ti, luego a tus amigos, y solo dejaré con vida a ese maldito gigante. Para que sea Gran Bestia, cuando la invoquemos a continuación, quien se encargue de él.

Raligg tragó saliva al oír esas últimas palabras dirigidas a él, acompañadas además de una mirada de reojo de Sorcerus, que solo duró un segundo, pero que fue suficiente para intimidarle. De repente se arrepintió de haberle propinado aquella paliza, pero ¿qué otra cosa podía hacer frente a alguien dispuesto a destruir todo lo que amaba?

—Sea entonces —aceptó Mayisius, y Raligg dedujo que aquella forma de retarse formaría parte de algún tipo de tradición entre hechiceros.

La Señora de los Mil Inviernos se hizo a un lado, dejando libre el centro de la Sala de los Hechizos para que ambos magos tuvieran libertad de movimientos. Con la mirada buscó al trasgo al que había encomendado la misión de vigilar la entrada, sin éxito, pero igualmente se dijo a sí misma que lo encontraría en cuanto acabara todo aquello. Y entonces pagaría caro el no haber cumplido su tarea correctamente, permitiendo que aquellos intrusos entraran.

Los guerreros secuestrados del Gran Torneo que colgaban del alto techo prisioneros en las pequeñas celdas cambiaron su expresión derrotada por una que desprendía cierto halo de esperanza.

—Ten cuidado —dijo Mantonegro a Mayisius, mientras este se situaba en un extremo de la Sala de los Hechizos, en el lado opuesto a aquel al que se había dirigido Sorcerus, sin dejar de clavarle una mirada retadora.

El maestro estaba francamente agotado después de haber empleado la magia durante tanto tiempo, primero en la invocación de Gran Bestia y, después, en la materialización de los ejércitos que defendían la entrada principal del templo. Sin embargo, estaba convencido de que aún le quedaba la suficiente energía como para vencer a aquel aprendiz de mago chiflado que un día fue su alumno. Además, probablemente su contrincante también estaría agotado tras todos sus esfuerzos realizados por llegar hasta él.

Y era cierto. Doblemente cierto. Era cierto que a Mayisius apenas le quedaban fuerzas para lanzar un par de hechizos o quizá levantar una barrera protectora que durara unos segundos. Pero también era verdad otra cosa: las sospechas de la Señora de los Mil Inviernos no eran infundadas, todo lo que había dicho, a pesar de que había sonado muy serio y frío, en realidad era un farol. Ni mucho menos estaba dispuesto a dejar que mataran a Sorsha y Dafne por salvar el mundo. Su mente no funcionaba así.

El verdadero plan de Mayisius, de hecho, formaba parte del mismo farol, y era tan gigantesco que sería capaz de iluminar una aldea entera en una noche sin luna. No tenía ninguna intención de medir sus fuerzas contra Sorcerus. Sabía perfectamente que su maestro era más fuerte que él. La idea de Mayisius era, por decirlo suavemente, hacer algunas trampas. Solo unas pocas. Era consciente de que aquello no estaba bien, pero, dadas las circunstancias, era preferible a dejar que el mundo fuera arrasado por un monstruo, ¿no?

—Voy a dejar que lances tú el primer ataque —dijo entonces Mayisius amparado por las sombras del extremo de la Sala de Hechizos. Y abrió los brazos, exponiéndose, como para reafirmar que no iba a empezar él y que estaba dispuesto a recibir el embate del rival.

Sorcerus sonrió torvamente.

—Mala decisión —comentó entre dientes. Entrelazó los dedos de ambas manos en un complejo nudo cabalístico que produjo chispazos y zumbidos a su alrededor. Apuntó y disparó.

Una pequeña bola de fuego, rodeada de pequeñas descargas eléctricas, fue lanzada contra Mayisius como si hubiera sido disparada por el trabuco de Sorsha. Aquel proyectil de magia concentrada, en el que se reunían el poder del fuego y el del rayo, le incendiaría y le electrocutaría en menos de un segundo.

Era imposible sobrevivir a un ataque como aquel, a no ser que fueras más sólido que una montaña de piedra... o que alguien abriera un portal espaciotemporal justo delante de ti, interrumpiendo la trayectoria del proyectil.

Eso último era justo lo que había sucedido, de hecho. Mayisius aún conservaba el pequeño espejo que les había teletransportado hasta allí. Cuando avanzó hacia el final de la Sala de los Hechizos para tomar su posición para el combate con Sorcerus, también había dejado caer disimuladamente el espejo a mitad de camino, de modo que un portal se abriera justo delante de él. Un portal invisible para todos, y cuya existencia solo se constataba cuando alguien o algo lo cruzaba.

Mayisius, justo antes de dejar caer el espejo, había proyectado con su imaginación el lugar en el que quería conectar aquella puerta espaciotemporal: una posición emplazada detrás de Sorcerus. Se abstuvo de imaginar otro momento en el tiempo. Jugar con el tiempo era extremadamente delicado. Imaginemos que hubiera abierto un portal un instante antes de que el mago hubiera disparado su bola de fuego, y que esa bola de fuego, al reaparecer en su espalda, le hubiera incinerado..., ¿cómo podría entonces lanzar la bola de magia si previamente su propia bola de magia lo había impedido? Cualquiera que tratara de esclarecer esa clase de paradojas podía acabar mal de la cabeza, y en ese aspecto Mayisius ya tenía suficientes problemas como para añadir otro más.

La bola de fuego no apareció un minuto antes tras Sorcerus, ni tampoco diez segundos antes, ni diez segundos después. La bola de fuego disparada por el mago atravesó limpiamente el portal espaciotemporal y, justo al mismo tiempo, reapareció a medio metro de su espalda. La misma magia que él había convocado fue la que acabó con el propio Sorcerus. Tras una luminosa y espectacular explosión de luz y fuego, seguida inmediatamente por un chasquido, el mago se convirtió en una nube de cenizas incandescentes, desapareciendo para siempre de la existencia.

Mientras la Señora de los Mil Inviernos trataba de comprender lo que había pasado, decenas y decenas de guerreros materializados por el poder de Sorcerus se esfumaron de las arenas de la playa, y entonces las hordas enemigas fueron de repente mucho más fáciles de combatir y vencer.

La bruja no daba crédito a lo que había sucedido. Sus rodillas flaqueaban, desmoralizada, incapaz de asumir que aquel mago la había engañado. A ella, a la Señora de los Mil Inviernos.

—Maldición —dijo al fin, como si mascara cada una de las sílabas que componían la palabra.

Usando todas las fuerzas que le quedaban, lanzó un hechizo contra Mayisius, pero este fue más rápido y sus reflejos le permitieron rodar por el suelo y esquivarlo. El hechizo se estrelló contra la pared del fondo, y esta se llenó de telarañas repletas de arañas venenosas.

Entonces todo sucedió muy deprisa.

Mayisius trató de incorporarse, lanzando un conjuro contenedor, es decir, una especie de esfera que rodeó a la bruja para evitar que pudiera usar más su magia. Pero un animal salvaje no se deja atrapar fácilmente, de modo que la Señora de los Mil Inviernos también quebró la cadera para esquivar el conjuro. Desesperado, y sin apenas fuerzas, Mayisius gateó a toda velocidad para recoger su espejo. Pero nunca llegó a tocarlo, pues la bruja, consciente de sus intenciones, elevó el espejo hacia el techo con un ligero movimiento del dedo índice y, una vez allí, apretó el puño, haciendo que el espejo explotara en mil pedazos.

—Se acabaron los truquitos, mago chiflado —gruñó.

—Lástima, porque estaba a punto de enviarte a un lugar muy bonito, bruja del demonio —se lamentó Mayisius.

Entonces, el sol del amanecer se oscureció, pues las nubes poblaron el cielo repentinamente, como si se formara una tormenta a cámara rápida:

—Rayos, tormenta, lluvia, venid a mí —vociferó la Señora de los Mil Inviernos, alzando ambas manos hacia el cielo.

Los truenos retumbaron a lo lejos y, súbitamente, entró un relámpago por uno de los ventanales del templo. Su trazo zigzagueante parecía fruto del azar, pero la bruja lo dirigía con su puño como si estuviera amaestrado. Apuntó a Mayisius, que se vio entonces golpeado por el rayo. Un fogonazo crepitante de luz estalló en su cuerpo, y de sus cabellos y su barba nacieron pequeños rayos chisporroteantes. Un instante después, se derrumbaba, inconsciente.

Raligg actuó como poseído por algún guerrero del pasado, alguien como su padre o cualquier otro participante de los tradicionales grandes torneos que disputaban los gigantes. Fue poseído por la rabia, el miedo y la esperanza de poder cambiar las cosas. Su bestia interior se despertó. Sus músculos se alimentaron de ella. Mayisius tenía razón: meditar tantas y tantas horas en la Montaña del Tormento había servido para facilitar que todo aquel conglomerado de fuerza interior estallara y alcanzara hasta la última de las fibras de sus músculos. Arrancó a correr hacia la Señora de los Mil Inviernos dando un alarido ensordecedor. La bruja quiso defenderse de aquel ataque a través de algún hechizo, así que disparó lo primero que le vino a la mente: un haz de rayos de ardiente energía enroscados sobre sí mismos. No era ningún hechizo en particular, solo era toda la energía que le quedaba, canalizada y disparada con toda su furia, como última y desesperada forma de defenderse.

Raligg sabía que la bruja atacaría, así que en su trayecto hacia ella, localizó un escudo que había pertenecido a alguno de los guerreros secuestrados del Gran Torneo, y que permanecía tirado junto a una columna, al lado de un martillo y otros enseres. Al pasar junto a la columna, un certero puntapié levantó por los aires el escudo, que, al llegar a la altura del pecho del Raligg, fue tomado por sus poderosas manos y proyectado hacia delante, justo en el instante en que el rayo de la bruja se dirigía hacia él.

El rayo se estrelló contra el escudo, que amenazó con estallar en mil pedazos, pero su superficie estaba tan pulimentada que lo reflejó como si fuera un espejo. Rebotó e impactó en el cuerpo de la bruja, que de pronto se vio rodeada de llamas. Pero Raligg no detuvo su avance: era una mole imparable y demasiado rápida que, literalmente, arrolló a la bruja, como si fuera una roca rodante del tamaño de una casa.

La Señora de los Mil Inviernos fue embestida por Raligg ante los ojos atónitos de todos, lanzada como un fardo en dirección a los grandes ventanales presa de llamas y descargas de magia. Su cuerpo se precipitó desde las alturas hacia las arenas negras de la playa, como una bola de fuego mágico del que brotaban sus alaridos encolerizados.

El empellón de Raligg había sido tan contundente que la bruja ni siquiera iba a aterrizar en el foso vacío que circundaba el templo, sino varios metros más allá, fuera del perímetro protector del edificio. La caída de más de ochenta metros de altura fue suficiente como para que la malvada hechicera levantara una nube de polvo y arena al impactar contra el suelo. Las llamas se reavivaron y sus alaridos se apagaron agónicamente para siempre.

El ejército de guerreros que batallaba en aquellos instantes en la playa ya estaba a punto de derrotar a las hordas enemigas, cuando estas se esfumaron de repente. Sin la bruja, ya no tenían poder para existir.

—¡La bruja ha caído! —gritaron a lo lejos.

Raligg solo dedicó unos segundos a contemplar por el ventanal el funesto destino de la Señora de los Mil Inviernos, pues enseguida, con un gemido instalado en la garganta, dio media vuelta y corrió hacia el cuerpo inconsciente de Mayisius.

Se arrodilló junto a él y levantó su cabeza suavemente.

—¿Mayisius? ¿Puedes oírme?

El mago continuaba con los ojos cerrados. Su cuerpo aún estaba muy caliente debido a la fuerte descarga eléctrica recibida. Mantonegro, Sorsha y Dafne hicieron un corro alrededor de Raligg y Mayisius. Dafne ahogaba sus sollozos, tapándose la boca con una mano. Mantonegro llamó también a su amigo por su nombre. Sorsha negó con la cabeza, apesadumbrada.

—Por favor, Mayisius, no te vayas tú también —gemía Raligg, cada vez más convencido de que no había nada que hacer. Mayisius no reaccionaba.

Por la ventana les llegaron entonces los gritos de victoria del ejército salvador. Los guerreros capturados en las celdas colgantes del techo ya estaban liberados del embrujo del colector de elixir. Las nubes tormentosas del cielo dejaron pasar de nuevo los rayos del sol.

Mayisius se había ido, pero al menos podían cantar victoria. Él había pagado con su vida la salvaguarda del mundo. Era un precio muy alto, pero no les habían dado otra alternativa.

—Mayisius —dijo casi sin voz Raligg. Pero no tuvo tiempo de empezar a echarle de menos, pues a continuación su mente tuvo que empezar a ocuparse de una cuestión mucho más apremiante.

El altar que sostenía el *Libro de los Muertos* aún resplandecía débilmente. Los rubíes del color de la sangre brillaban incrustados a su alrededor. La invocación no se había detenido. Por sí misma, había absorbido el último elixir necesario para hacerse realidad y la inercia había hecho el resto. O tal vez era el destino lo que había condenado al mundo.

En cualquier caso, Gran Bestia estaba despertando. Tantos esfuerzos y sacrificios habían sido en vano.

—No es posible —dijo Mantonegro con un hilo de voz—, no, no.

—¿Qué hacemos ahora? —preguntó Dafne, sobrecogida.

Pero nadie podía responder a esa pregunta. Ahora que Mayisius se había ido, se daban cuenta de que también habían perdido al guía de aquella aventura para salvar al mundo.

Gran Bestia anunció su llegada con un ligero temblor que procedía de las entrañas de la tierra, y nadie, absolutamente nadie, supo qué hacer ante aquello.

Raligg aún sostenía la cabeza de Mayisius mientras distinguió, a través de los ventanales, cómo el cielo se teñía de rojo. Gran Bestia era real. No era solo una leyenda. Y entonces tuvo miedo de verdad. Su tía tenía razón en que, la mayoría de las veces, lo que temes es en realidad tu propia sombra, pero en aquella ocasión el origen de su temor nada tenía que ver con su percepción de las cosas. La situación era, objetivamente, terrible.

Las tierras de gran parte del mundo también temblaron. Los volcanes entraron en erupción. Algunos lagos hirvieron. Todo el oeste se resquebrajó, abriéndose una grieta gigantesca que devoró decenas de aldeas en pocos minutos. Y entonces, de uno de los volcanes brotó una criatura del tamaño de una montaña. La imagen labrada en la caverna subterránea del templo solo había sido parcialmente fiel a la realidad.

Gran Bestia semejaba un Goliat, pero su tamaño era enorme. Su rostro era demoníaco: dientes afilados, ojos felinos, dos cuernos de hueso en la frente y otros dos cuernos mucho más grandes que le nacían de los aladares del cráneo. Todo su cuerpo estaba cubierto de placas metálicas que le protegían a modo de coraza, pero todo él era tan duro como la piedra. A su espalda se desplegaron dos alas similares a las de un dragón, que le permitían volar y surcar el cielo como la Parca.

Aquella criatura era tan gigantesca que una sola de sus zarpas, provista de uñas retráctiles, podía destruir una aldea pequeña de un solo golpe. Su larga y gruesa cola semejante a la de un dinosaurio, con un simple chasquido, sería capaz de derribar una colina.

Pero lo más terrorífico eran sus ojos que resplandecían como si estuvieran al rojo vivo, pues en el interior de sus cuencas había lava ardiente. De hecho, por dentro de su cuerpo no corría la sangre, sino el fuego de las entrañas de la tierra.

Y entonces, Gran Bestia emitió un gruñido suave y sostenido, pero tan grave que alcanzó el tuétano de los huesos de todas las criaturas vertebradas que hubiera a mil leguas a la redonda. Alzó el vuelo y se perdió entre las nubes de polvo y ceniza que empezaron a cubrir el cielo.

En el Valle de Nigg, el suelo también temblaba ligeramente, haciendo que los sacos de trigo se derrumbaran contra el suelo y las contraventanas de las casas se abrieran solas. El cielo presentaba un color carmesí, como anunciando funestas consecuencias. Los gigantes del valle corrieron despavoridos hacia sus hogares. Sin embargo, nadie podía escapar de Gran Bestia.

Tampoco nadie podía hacerle frente.

O casi nadie.

Epílogo
El chico dragón

En el remoto Reino del Hierro, a muchas leguas de allí, la noticia del despertar de Gran Bestia aún no había llegado.

De hecho, el lago Iflewyn, uno de los más bellos de las tierras del norte, resplandecía como cada mañana tras el enorme muro fronterizo que separaba el reino del resto de las tierras del mundo. En invierno, el lago se congelaba y los niños lo usaban para patinar. En verano, llegaban hasta allí miles de aves migratorias, únicos visitantes que osaban cruzar aquel muro fronterizo de cincuenta metros de altura.

Junto al lago se levantaba la que probablemente era la mejor taberna. Su tamaño era bastante considerable y tenía tres niveles, porque además de taberna funcionaba como posada. La paja del tejado estaba elegantemente dispuesta y de los dos balcones de madera que había sobre el patio interior colgaban guirnaldas de flores rojas y negras, los colores de la bandera de Reino del Hierro, probablemente el más independiente y aislado del ancho mundo.

De las ventanas del segundo piso llegaban voces y risas, mezcladas con música y estrépito de platos y jarras de cerveza de trigo. Los camareros iban y venían, sin dejar de servir día y noche. No en vano, aquella taberna se llamaba Faro del Norte. Si alguien se perdía, solo tenía que guiarse por su luz que, a modo de faro en el océano, te permitía divisar la costa. O encontrar a tus amigos.

El portero, cubierto casi totalmente de tatuajes, dejaba entrar en la taberna a toda clase de criaturas, excepto a los gigantes. En general, Reino del Hierro no los veía con buenos ojos debido a asuntos no resueltos que se remontaban varias generaciones atrás. Tan atrás que casi nadie los recordaba ya.

En el interior, en una de las mesas más apartadas, se sentaba un chico espigado cuyo pelo se parecía considerablemente a la paja que cubría el tejado de la taberna. Frente a él estaba un anciano que no dejaba de beber una jarra de cerveza de trigo tras otra.

El chico, que se llamaba Lander, era un recluta que estaba adiestrándose en el noble arte de cazar dragones. El anciano achispado era un exmatadragones, y sus cicatrices y parte de su cráneo quemado eran buenas pruebas de que se había enfrentado muchas veces a tales criaturas aladas.

—Veamos… —balbuceó el anciano, que quizá había optado por acompañar a Lander buscando ser invitado a un par de rondas—. ¿Cómo lo haces? ¿Cómo sucede, muchacho? Quiero decir… ¿Te duele?

—No duele. Simplemente… ocurre.

Lander quiso chasquear los dedos para añadir énfasis a su última palabra, pero por sus venas también corría bastante cerveza de trigo, de modo que apenas acertó a ejecutar un precario baile de dedos.

—Y entonces te transformas. Así sin más.

—Así sin más.

—¿En un dragón de verdad? ¿Un dragón como los que asolan Reino del Hierro?

—Ha acertado usted.

El anciano estuvo a punto de carcajearse, pero como en realidad deseaba ser invitado a otra ronda, le siguió la corriente.

—Uhm…, entiendo, muchacho. Debe de ser agotador ser tú.

—Más que cargar sacos de cebada.

—Aunque lo de volar… te hará sentir el rey del mundo, ¿no?

Afortunadamente, en Faro del Norte había unos veinte parroquianos que hablaban y reían con ganas, entrechocando jarras o canturreando canciones populares. De esta manera, las confesiones que Lander aireaba quedaban ahogadas por el bullicio. Ya que los miembros de la Alianza en Defensa de los Derechos del Dragón tenían mil ojos, diez mil oídos e infinidad de legajos en los que se describían, una por una y con enrevesados argumentos llenos de candidez, las razones por las cuales consideraban inmoral matar o servirse de los dragones. «Los dragones son seres vivos dotados de conciencia y voluntad» era el primer artículo de una larga lista.

Lander rio sin ganas y, a continuación, apuró su cerveza. Antes de proseguir, una sombra cubrió su rostro:

—En todo caso, es un error. Lo de transformarme en dragón. Es un error monumental. Porque yo soy un hombre, hijo de un hombre y una mujer. Sin duda es un error.

—¿Así lo llamas, muchacho? ¿Error?

—He tratado de llamarlo de otra manera, pero no funciona.

El anciano pidió otra ronda de cerveza levantando su jarra vacía.

—¿Qué te parece llamarlo «don»?

Lander gruñó.

—La gente odia a los dragones. O los teme. Los dragones son los responsables de la destrucción de pueblos enteros. Se comen a la gente. No puede ser un *don* transformarse en lo que odia todo el mundo.

—Bueno, muchacho, también hay gente que ama a los dragones. Los integrantes de esa alianza que defiende la vida de…

—A eso me refería con «error» —le interrumpió Lander—. Un error monumental. La mayoría de la gente odia a los dragones. Pero los que no odian a los dragones, entonces, odian a los que se dedican a matar dragones. Los llaman asesinos, desalmados y cosas aún peores. Y yo, cuando no soy un dragón, soy un matadragones. No sé si alcanza a comprender lo que eso significa.

Lander hizo una pausa, esperando alguna reacción por parte del anciano, pero este parecía tener la mirada perdida en el ambiente: quizá por el alcohol, quizá porque no prestaba demasiada atención a aquel lunático que aseguraba que podía convertirse a voluntad en un dragón. Pero el anciano pretendía que le siguieran convidando a cerveza, así que asintió enérgicamente en cuanto se percató de que Lander esperaba alguna respuesta por su parte y, a continuación, levantó los hombros para disimular que había perdido el hilo de la conversación.

—¿Eso es un «sí» o un «no»? —insistió Lander.

—Disculpa, buen muchacho… —se excusó el anciano, viéndose de pronto en un callejón sin salida.

—Imaginaba que no lo comprendería —continuó hablando Lander—. Pero es más fácil de entender de lo que parece. Si soy hombre, me odian unos. Si soy dragón, me odian otros. Y, para complicar todavía más las cosas, me dedico a cazar y matar lo que yo mismo soy, porque lo que soy destruyó la herrería que heredé de mi padre. Y mi padre fue víctima de lo que soy. ¿Lo comprende mejor ahora?

—Dicho así, todo seguido, suena bastante... horrible.

—No sé. No puedo hacerlo. No me siento capaz de cazar dragones. Es denigrante. Sencillamente no puedo. Piense que para mí es como ser una gallina ponedora que se dedica a recoger los huevos de otras gallinas para luego venderlos en el mercado. Y que luego cena gallina asada. Y que se disfraza de gallina. Y que canta «quiquiriquí»...

—Pues no lo hagas, muchacho. No persigas a los dragones.

—¿Qué es esto? ¿Psicología inversa? Se supone que debe ayudarme. Convencerme de que siga adelante con mi trabajo porque es muy importante para el futuro de Reino del Hierro.

—Pues, entonces..., hazlo. Continúa matando dragones.

—Sin duda, no es usted de gran ayuda.

—Lo digo muy en serio, muchacho. Yo me dejo llevar como una hoja en un río caudaloso. Es mi filosofía de vida. Dejarse llevar. Porque, hagas lo que hagas, todo acabará saliendo mal, aunque parezca que sale bien.

—Es una idea un tanto deprimente, ¿no cree?

—Brindemos por eso, entonces.

Ambos entrechocaron sus jarras y apuraron su enésima cerveza de trigo.

Todas las ventanas de Faro del Norte estaban protegidas por rejas con forma de malla romboidal, detalle que evidenciaba que Reino del Hierro no era un lugar seguro desde que se habían desencadenado las cruentas batallas contra los dragones. Otra señal que contribuía a reafirmar esta sensación inquietante era que todas las mesas, sin excepción, tenían relieves hechos a cuchillo, frases, palabras o dibujos: todos los parroquianos, hasta el más pacifista, ya no salía de casa sin un arma, pues la amenaza acechaba en cada esquina. Sin armas, estabas muerto.

La seña de identidad más característica de Faro del Norte era el enorme esqueleto reptiliano que pendía del envigado de la sala principal. Un armazón de más de quinientos huesos, que incluso conservaba las púas queratinosas, ancladas a lo largo de la espina dorsal mediante ligamentos. Muchos creían, sin embargo, que aquella enorme columna vertebral de la que surgían costillas como cuadernas de un barco, otorgando así un aire esencialmente terrorífico al ambiente de la taberna, en realidad era una falsificación. Pero quienes conocían al tabernero, excazador de dragones, sabían que la osamenta de aquel ejemplar de dragón había pertenecido a su última presa; y que con ella se había jurado que jamás volvería a ser un hombre de acción. Su parche en un ojo y su brazo chamuscado, de piel acartonada, ofrecían más pistas sobre los orígenes de aquel ejemplar de dragón. Eran todas ellas pruebas más que suficientes para las personas observadoras.

«Un hombre observador es, de alguna forma, alguien que domina la telepatía», solía repetirse Lander para no reconocer que su extraña habilidad para leer los pensamientos era un don maldito. Ya tenía suficiente con asumir que también era capaz de transmutarse en un monstruo como el que colgaba, oscilante y amenazador, de las vigas de la taberna. Él solo aspiraba a ser un hombre normal, evitando en lo posible llamar la atención. Pues se conoce que el fruto podrido se acostumbra a sacar del barril y se arroja lejos por temor a que pudra el resto.

—¿Y qué se siente? —preguntó de nuevo el anciano. Pero Lander era capaz también de leer su mente, y por tanto sabía desde el principio que el anciano solo le estaba siguiendo la corriente para ser invitado a cerveza. No le importaba: estaba dispuesto a pagar para poder desahogarse con alguien.

—¿Qué se siente cuándo? —preguntó.

—Ya sabes, muchacho. Cuando bostezas y el árbol que tienes delante se convierte en una tea gigante. ¿Es como los tragafuegos del circo ambulante? ¿Los que se tragan una botella de licor y luego escupen su contenido sobre una antorcha encendida?

—Multiplíquelo por mil. Sobre todo, se experimenta dolor, pero un dolor que te hace sentir poderoso. Como si tuvieras en la garganta un puñado de ortigas. O algo así. Ya me entiende.

Fue la mejor comparación que se le ocurrió a Lander. Sin embargo, si hubiera dispuesto de las habilidades retóricas de un poeta, quizá lo hubiera descrito más pormenorizadamente: «Percibes en el estómago esa acidez que sobreviene tras una copiosa cena y asciende por el esófago desde las simas estomacales, desgarrándote las entrañas». Afortunadamente, no era muy ducho con las palabras y eso le ahorró a su contertulio un exceso de metáforas.

—Me duele la cabeza —dijo entonces Lander frotándose las sienes—. Por casualidad, ¿no tendrá algún remedio para silenciar los golpes de yunque en los sesos?

—¿Tengo aspecto de brujo, muchacho?

—¿Si le digo que sí, me quitará el dolor?

—Muy gracioso, muchacho, muy gracioso. ¿Sabes cómo se curan los excesos de la bebida? ¡Con más bebida! ¡Posadero, otra ronda!

—No sé si podré...

—Claro que lo harás. La cerveza de trigo es un remedio excelente para no pensar. Y a ti te duele la cabeza porque barruntas demasiado, muchacho. Seguro que también te has excedido usando ese otro don tuyo..., el de leer mentes. Es más, estoy convencido de que ahora mismo me estás leyendo la mía, ¿verdad? —preguntó con ironía: evidentemente, no creía que Lander pudiera leerle la mente. Pero la cuestión era que sí podía. ¿No era gracioso?

El tabernero les dejó sobre la mesa dos jarras más y ambos continuaron bebiendo y hablando en mitad del barullo creciente de Faro del Norte.

—Vamos, muchacho, explícame más cosas. Eres el compañero perfecto para esta clase de noches.

—¿Qué clase de noches?

—No importa. Dime, ¿leer mentes es divertido?

—En absoluto. Acostumbras a sentir vergüenza ajena, como si vieras a los demás desnudos.

—¿Como verlos desnudos? Entonces no es nada divertido, no, a no ser que tengas ante ti una bella doncella…

—Hablo en serio.

—¡Yo también hablo muy en serio, muchacho!

—Bien…, aunque reconozco que hay una ventaja. Ya no te sientes nunca un estúpido, ni un mezquino, ni un egoísta, ni un retorcido, porque descubres que la gente que te rodea también lo es, tanto o más que tú, aunque se esfuerce a cada instante en disimularlo.

El anciano dudó por un segundo, como si hubiera sido descubierto de repente cometiendo algún desliz.

—¿También lo crees de mí, muchacho? —le tanteó.

—También de usted, sin ánimo de ofenderle. Pero la cuestión no es esa.

—¿Ah, no? ¿Y cuál es la cuestión?

—No se le puede pedir a un pájaro que no vuele —entonaba Lander con la mirada perdida en las alturas—, no se le puede pedir a un pez que no nade, no se le puede pedir a un dragón que no escupa fuego… ni que no destruya casas ni se coma a la gente. ¿Me explico?

El anciano se carcajeó.

—No sé si te acabo de entender, muchacho, pero empiezo a creer que eres la persona más pesimista que he conocido en mi vida. Vas a tener problemas si sales ahí afuera a combatir dragones con esa actitud. Tú solo ves el aspecto negativo de la situación. Seguro que al mirar una tarta de manzana solo ves que, tras ser ingerida, tarde o temprano se convertirá en excremento maloliente; yo, por el contrario, veo que se transformará en energía para mis músculos, en ideas para mi cerebro, en voluntad, en vida. Tú solo ves estiércol; yo, la rosa que crecerá en ese estiércol.

—Eh... —titubeó Lander, sorprendido por aquel repentino monólogo del anciano—, ¿se supone que la tarta soy yo y que los excrementos son el dragón en el que me transformo?

Entonces, el suelo empezó a temblar ligeramente. La música se apagó. Las risas se esfumaron. Nadie sabía qué era lo que estaba sucediendo, pero sin duda tenía mal aspecto, y en sus miradas se adivinaban el recelo y la desconfianza.

Lander, sin embargo, podría haber usado su telepatía para tratar de leer la mente de la amenaza que se cernía sobre el mundo. Esa mente compleja y diabólica que guiaba los pasos de Gran Bestia, pero estaba tan mareado por culpa de la cerveza de trigo que ni siquiera pensó en usar su telepatía. Sencillamente dijo:

—¿Por qué tanta alarma? Solo es un pequeño temblor, ¿no?